Gustav Falke

Der Mann im Nebel

Gustav Falke

Der Mann im Nebel

ISBN/EAN: 9783955630744

Auflage: 1

Erscheinungsjahr: 2013

Erscheinungsort: Bremen, Deutschland

@ Leseklassiker in Access Verlag GmbH, Fahrenheitstr. 1, 28359 Bremen. Alle Rechte beim Verlag und bei den jeweiligen Lizenzgebern.

Leseklassiker

Der Mann im Nebel

Roman

von

Gustav Falke

Fünfte Auflage

Seinen lieben Freunden

Karl Ernst Knodt

und

Frau Käthe

herzlichst zugeeignet

Erstes Buch

1.

Liebster Doktor!

Wie vermisse ich Sie, Sie Ausreisser. Nach wie vor führt mich mein Berufsweg zweimal in der Woche an Ihrem alten Heim vorüber, und ich werfe betrübte Blicke nach dem Eckfenster hinauf. Wie schön war's da oben: ich auf Ihrem breiten etwas eingesessenen Sofa, Sie mir gegenüber auf dem Stuhl, zwischen uns auf dem bücherbeladenen Tisch eine Tasse Kaffee, ein Glas Bier oder ein Aquavit. Und dann ging's los, über Literatur, Kunst und tausend Sachen.

Und Ihre alte Wirtin, die Frau Obersteuerkontrolleurswitwe, der man diesen imponierenden Titel nicht ansah, mit ihrem roten Gesicht, ihrer etwas waschfrauenmässigen Hausuniform und ihrer hastigen, stossenden Sprechweise.

Und das einzige Likörglas, das kleine blaue Henkelglas, worin sie einer ganzen Korona Aquavit kredenzte, von Mund zu Mund:

„Is nich'n hübsches Glas? Is aus Travemünde. Hab ich selbst mitgebracht. Hübsches

Glas. Ist es nich? Aus Travemünde. Hab'n Schwester da, wissen Sie. Ja, 'n Schwester."

Sie lässt bestens grüssen. Sie hat jetzt ihre beiden Zimmer an einen Zöllner vermietet, einen jungen „soliden" Menschen. Sie wissen, die Frau Kontrolleur gibt viel auf das Solide.

Na, in Punkto Solidität. Unsolide waren wir nicht. Aber der Zöllner wird uns über sein.

Ich vegetiere nun schon eine ganze Zeit lang so hin. Kein Vers, keine Zeile. Lyrisch alles tot. Was Sie über meinen letzten Roman schrieben, hat mich sehr erfreut. Ja, es steckt viel Beobachtung darin. Aber es ist doch nichts mit diesem nüchternen Realismus. Ich möchte nun endlich mal schreiben, was Sie meinen Pan-Roman nennen.

Mich auch mal lyrisch ausgeben. Stimmung. Psychologie. Alles mögliche. Solche Dreiecksnatur, Sie brauchten den Ausdruck einmal, so ein Porträt von Ihnen, Liebwertester, ein Individuum, das sich zwischen den drei Punkten Weib, Kunst und Natur aufreibt, seine Ringkämpfe mit sich aufführt. Ihre gefährlichen Anlagen potenziert, so dass ein Ungeheuer daraus wird.

Aber geben Sie mir einen freundschaftlichen Stoss, dass ich kopfüber in die Tinte schiesse, sonst wird's doch wieder nichts damit, und es

bleibt alles beim guten — Willen darf ich'
gar nicht mal nennen, denn wie gesagt, es sin
tote Tage bei mir, Nebeldruck, Müdigkei
Stumpfsinn, wie immer, wenn ich eine Arbe
hinter mir habe und eine neue sich erst heim
lich vorbereitet wie das Saatkorn unter de
Wintererde.

Pan, ja Pan! Sie sitzen nun mitten drir
haben alles, was ich ersehne, liegen auf der
Rücken und hören die Mittagsmusik des bocks
beinigen Gottes, während ich hier Staub schlucke
Federn kaue und Kindergeschrei anhöre.

Hier etwas, was ich aus dem Papierkor
für Sie wieder ausgrub, weil es gerade hierher
passt. Etwas Böcklin-Nietzsche mit einer
Stich ins Scheerbartsche. Nichts Urgeborenes
also der Vernichtung gehörig.

Herzlichst

Ihr Gerd Gerdsen.

Tanz.

Pan bläst. Lass uns tanzen, du und ich
Auf der Sommerwiese, in der Morgensonn
lass uns tanzen, wo die weichen Winde sicl
deines wehenden Blondhaares freuen werden
Komm auf die Wiese!

Blumen werden sich unter unsere Füsse drängen und aufgescheuchte Schmetterlinge unsern Tanz umtanzen, weisse und gelbe Schmetterlinge, leuchtend in der Helligkeit des wachsenden Lichtes. Pan lockt.

Wir wollen tanzen zu diesen Tönen. Und die Wiese tanzt, und der Wald tanzt, die schwarzen Fichten mit dem roten Morgenkleid aus Sonne und die bräutlichen Birken mit den jungfräulichen Gewändern aus Silberseide.

Und die weissen Lämmer auf der blauen Himmelswiese werden hüpfen, umeinander hüpfen, leichtwolliges Sommervolk, zu der Flöte des Hirten.

Und die Sonne wird tanzen, die lachende Sonne, dass ihre Strahlen auseinander wirbeln, uns umwirbeln, ein flimmernder, blitzender, glitzernder Schleier, in dem wir uns im Kreise drehen, du und ich in unserer nackten Schönheit und in unserer nackten Freude.

Komm, komm! Pan bläst.

Die Bocksfüsse übereinandergeschlagen, hockt er im Fichtenschatten, Zottelbart, Waldschreck den Furchtsamen.

Wir aber tanzen vor ihm, nackt, über Blumen, zwei weisse Schmetterlinge, trunken in Lust, trunken in nackter Lust.

Lieber Gerdsen!

Herzlichen Dank für Ihren liebenswürdigen Brief. Ja, schreiben Sie, Ihr Plan ist vorzüglich. Ich stelle mich Ihnen ganz zur Verfügung. Eigentlich Pan-Roman, wie ich es meinte, wird es vielleicht nicht. Aber einerlei. Sie haben recht: ab von dem Realismus Ihres letzten Romans. Sie wissen, wie sehr ich ihn schätze, hochwerte, diesen Realismus: künstlerisch, aufrichtig, schlicht, ohne weitere Absichten als die des treuen Bildners und Darstellers. Und dann der Humor, den Sie haben, und ohne den es nicht gehen würde. Aber selbst dieser Humor macht diese misera plebs, diese Kellerleute, Käsekrämer und Ladenmädchen nicht auf die Dauer geniessbar. Lassen Sie diese Nullen, die kein Genie zu Zahlen machen kann. Natur! Natur! Aristokratie!! Höhenmenschen. Was wollen Sie Dünger karren, statt uns Edelgewächse zu ziehen.

Könnt ich's nur, wie Sie. Aber bei mir ist alles nur Wollen, ohnmächtiges Wollen. So muss ich mich denn mit der Natur begnügen, dem einzigen, was Ersatz für mangelnde Produktivität gibt, die Natur, die uns erhebt, indem sie uns vernichtet. Die grosse Natur, die Herrscherin, die Zerstörerin, die am grössten ist, wenn sie tötet. Das ist es, was ich an der Natur so liebe: ihre Grausamkeit! Oder besser ihre Gleichgültigkeit! ihre völlige Verachtung des Menschen!

Das Meer! Nordsee! Sylt! Skagen! Nach Skagen müssen wir mal zusammen.

Hier ist es mir zu friedlich. Diese ewigen Wald- und Kornlandschaften, diese sanften Hügel. Alles riecht hier nach Arbeit, nach Schweiss. Unser täglich Brot gib uns heute. Amen.

Ich will die Natur gross, frei, und den freien Menschen darin, nicht den Sklaven. Brot, Speck und Gotteswort. Und über allem der Gendarm.

Und doch kann ich hier nicht wegfinden, liege hier so in einer Art Halbschlaf, der alle Energie lähmt und keine Entschlüsse aufkommen lässt. Hans der Träumer!

Nette, liebe, einfache Leute hier, fromm und bieder. Landvolk! Nicht dieser ekelhafte Stadtpöbel, keine öde Sozialdemokraterei, diese Weltanschauung aus Frechheit, Hunger, Halbbildung und Borniertheit zusammengeschweisst. Eine Weltanschauung, die riecht.

Ich gehe mit dem Plan um, Einsiedler zu werden. Ich brauche nicht viel; was ich von meiner Grosstante geerbt habe, reicht aus für zehn, zwanzig Jahre; so lange wird die Maschine wohl aushalten. Hält sie länger vor als das Öl, so muss man sie zerschlagen. Das ist das beste am Leben, dass wir's wegwerfen können.

Sie kennen mein Ideal: einige Jahre Block-
hauseinsamkeit am Meer, zwischen den Schären
Norwegens, am Amazonas oder irgendwo insu-
lares Südseeparadies. Und ein Weib, das Chopin
spielt und Saint Saëns. Danse macabre. Und
draussen orgelt der Sturm und die Möven
schreien, oder die Affen.

Schreiben sie bald, meine Adresse ist bis
auf weiteres die hiesige.

Ihr Randers.

———————

3.

Acht Tage war Randers schon in diesem
Waldwinkel, statt an die See zu gehen, wie es
seine Absicht war. Wenn ihm jemand vorher-
gesagt hätte, er würde eine ganze Woche zwischen
Feld und Wald in einem einsamen Schulhause
leben, würde er ihn ausgelacht haben. Er
war kein Idylliker. Er liebte weite Horizonte,
Grösse, Erhabenheit in der Natur. Er liebte
das Meer.

Was hielt ihn nur hier fest unter dem lang-
gestreckten Ziegeldach des niedrigen Schulhauses
mit dem kleinen bäuerischen Vorgarten voll
greller Astern und plumper Georginen? Das
sah ja von der Landstrasse aus ganz traulich

und anheimelnd aus. Aber auf die Dauer war doch alles so eng, kleinlich, so muffig. Dazu die zwei langen Blitzableiter auf dem Dach, die dem ganzen so einen offiziellen Anstrich gaben: Dies ist eine Schule.

Und dann die Familie des Lehrers!

Doch die gefiel ihm, er hatte wirklich nichts gegen sie. Gute, brave, einfache Leute, und voller Aufmerksamkeit gegen ihren Sommergast. Sie hatten einen solchen gesucht. Er hatte es unterwegs im Provinzboten gelesen. Dann war er ihnen gleich vor die Tür gefahren. Auf ein paar Tage. Sie hatten ihn erst auf so kurze Zeit nicht aufnehmen wollen. Aber er versprach zu räumen, wenn sie das Quartier besser vermieten könnten.

Mit welcher Neugier hatten sie ihn ausgefragt. Nicht auf einmal, aber so nach und nach. Sie mussten doch wissen, was er eigentlich war.

Ja, was war er? Eigentlich nichts.

Aber das hätten sie nicht verstanden, er fühlte instinktiv, dass diese Leute von seiner Jugend irgend eine nützliche Tätigkeit verlangen würden. Freilich, er war ihnen ja keine Rechenschaft schuldig. Aber es genierte ihn doch. Und so wollte er sich denn als Journalist vorstellen, besann sich aber und sagte Schriftsteller.

„Sie schreiben wohl für Blätter?"

„Ja, für Blätter."

Alle sahn ihn mit unverhohlener Neugier an, nicht ohne Misstrauen. Und der Lehrer sagte nochmal:

„So, f—ff—für die Blätter."

Er hatte eine ungelenke Zunge. Er umging das Stottern, indem er die widerspenstigen Laute vorsichtig anfasste und bedächtig zögernd wieder entliess.

Randers hatte schon am dritten Tag den Koffer wieder packen wollen, hatte es einen Tag aufgeschoben, weil es gerade regnete, einen andern, weil es zu heiss war und er sich müde und unlustig fühlte. Und nun war er immer noch hier, hatte sich unmerklich eingewöhnt und liess es gehen, wie es ging.

Tagsüber lag er auf dem Rücken im Waldmoos, eingelullt von dem leisen Rauschen des Buchenlaubes, dem einzigen Geräusch, das ihm einigermassen den eintönigen Gesang des Meeres ersetzen konnte, oder er drängte sich mit seiner langen, hageren Figur durch das dichte Unterholz, auf schmalen, verwilderten Fusssteigen, wo es ihm besser gefiel als unter den hohen Buchen, die er freilich nirgends so prächtig gefunden hatte wie hier, ausgenommen natürlich in Dänemark, seinem geliebten Dänemark. Aber das niedere Dickicht hatte es ihm angetan. So ganz eingeschlossen in der grünen Wildnis, die ihn in Kopfhöhe überdachte, in unmittelbarer

Berührung mit diesem Gewirr von Zweigen und
Blattwerk, so ganz in dieser grünen Enge eingeschlossen war es ihm erst wohl.

Einmal in diesen acht Tagen hatte ihn seine
Sehnsucht an die Ostsee geführt, die ein paar
Stunden von hier ihre schläfrigen Wellen auf
den Sand des flachen, langweiligen Strandes warf.

Da hatte er ein Bad genommen und hatte
dann fast zwei Stunden lang auf dem Rücken
im warmen Sand gelegen, die kühle Seeluft
geatmet, Verse gemacht und an ein kleines
Mädchen in rotem Wollkleid gedacht. Gedanken,
die nicht tief herkamen, die aber hartnäckig
waren.

Es war eigentlich nur das rote Wollkleid
gewesen, das ihn beschäftigt hatte. Diese grelle,
rote Farbe, die wie ein Fleck auf allem lag,
wohin er sah, auf dem Wasser, auf dem gelben
Sand, und in der hellen zitternden Luft tanzte.

Ja, ja, das kam noch auf das bewusste Konto.
Hallucinationen. Er hatte auch gar zu wüst
gelebt, den ganzen Winter. Aber er sollte ja
auch nur darüber hinweg kommen. So ein Abschied für immer ist keine Kleinigkeit. Und es
hatte doch tiefer bei ihm gesessen. Schliesslich
geht's auf die Nerven. Erst dies Verhältnis,
dann der Alkohol, Kopfschmerz, Schlaflosigkeit,
Gespenster. Es war nicht mehr zum aushalten
gewesen. Er hatte zuletzt mit dem Arzt sprechen

müssen. Der untersuchte ihn gründlich; kerngesund. Aber hier oben, mein Lieber, diese Knoten auf dem Kopf da. Sehen sie sich vor. Etwas weniger Spirituosen. Es ist weiter nichts als das. Gehen Sie ein paar Wochen an die See. Immer draussen. Oder machen Sie eine Fusstour. Aber wie gesagt: höchstens zwei Glas!

Das war's, was ihn seinen Koffer hatte packen lassen. Der Arzt hatte recht, es ging wirklich nicht so weiter, wollte er noch ein paar Jahre leben. Und das wollte er. Sein Leben lag doch noch vor ihm, das Leben, das seiner Natur gemäss wäre. Und das war ja sein einziges Streben, sich mal ausleben zu können, ein paar Jahre nur, ganz souverän, keinem willig und gehorsam als nur den Geboten seiner Natur. Und dazu bedurfte er der Gesundheit. Es käme ja sonst nicht darauf an, ein paar Jahre früher oder später abzutreten. Aber nur jetzt noch nicht, jetzt, wo er endlich die Mittel hatte, sich sein Leben nach seinen Wünschen einzurichten. Zehn Jahre würde sein kleines Kapital ausreichen, zehn Jahre ungebundenen Sichauslebens. Die wollte er geniessen. Und dann? Er war nicht der Mann sich mit dem zu beschäftigen, was nach zehn Jahren sein könnte.

———

4.

Randers sass in halbliegender Stellung auf der Bank unter den alten Buchen, die dem Schulhause gegenüber ihre hohen teilweise abgestorbenen Kronen allen Winden aussetzten. Diese Buchen, einen geräumigen Rundplatz einfassend, bildeten gleichsam das Portal zu dem Unterholz, das sich an dem ausgefahrenen Landweg hinzog und sich in einer Tiefe von einer Viertelstunde Wegs vor dem hügeligen Hochwald lagerte.

Die Moosdecke dieses Platzes war schadhaft und zeigte Spuren von Kinderspielen. Um die Bank herum war jede Vegetation von den Füssen niedergetreten. Das nackte Erdreich bildete eine harte Tenne. Da lagen Papierfetzen und allerlei Abfall umher, der anzeigte, dass die weiblichen Mitglieder der Lehrerfamilie hier oft ihren Aufenthalt nahmen und einen Teil der häuslichen Tätigkeit hierherverlegten.

Randers ärgerte sich über diese Verunzierung des hübschen Waldplatzes, diese „Besudelung der Natur" mit menschlichem Krimskram. Einen grellbunten Fetzen eines schottischen Kleiderstoffes, der ihn besonders erboste, hatte er wütend mit der Spitze seines Spazierstockes hinter sich geschleudert. Er wehte lustig, ein bunter Wimpel, in den Zweigen eines jungen weissstämmigen Birkenbäumchens. Randers hätte das Fähnlein gerne da heruntergeholt, aber es war ihm zu mühsam, darum aufzustehen.

Er hatte gelesen, oder vielmehr zu lesen versucht: Storms „Waldwinkel“. Aber die unruhigen Schatten des leicht bewegten Laubes, die auf den Blättern des Buches einen Zittertanz aufführten und die Buchstaben mit hineinrissen, und das leise Laubgelispel um ihn her störten ihn. Auch das Schwärmen der Bienen belästigte ihn. Es war ein ununterbrochenes Summen um ihn. Aus den Stöcken des Lehrers kamen sie, über die Blumen des Gartens und die Honigträger am Grabenrand der Landstrasse her, nach dem breiten Waldsteig, wo Bienensaug, Brombeerblüte und hundert andere süsse Schüsseln lockten.

Und dann war noch ein andres, was ihn ablenkte. Seine Gedanken kehrten immer wieder zu Gerd Gerdsens Brief zurück, den er heute morgen beantwortet hatte.

Ja das könnte etwas werden! Das würde ihm Spass machen. Spass? Nein, durchaus ernst wollte er es nehmen. Was gab es da nicht alles zu berichten und zu — beichten. Er geriet in ein Grübeln über sich und sein Schicksal, und ging hier einen Weg zurück und da einen anderen, um auf die Anfänge dieser und jener Richtung in seinem Charakter zu stossen. Und die Wege führten ihn zurück in die Kindheit, in das kleine Fischerdorf an der Ostsee. Er sah das väterliche Pfarrhaus vor sich, mit den wilden Rosen um Tür und Fenster, mit dem kleinen Blumengarten vorn und dem grossen Küchengarten hinten, der an den Deich stiess. Er sah das bunte, rote Laub der Weinlaube, die weissen und lila Sterne der Astern, den ganzen farbigen Herbstgarten.

Warum er nur die Heimat immer im Herbstschmuck sah? Weil da die Äpfel reif waren? Oder waren es nicht die Äpfel, sondern nur die Aussicht auf die See, die er auf dem luftigen Sitz im Apfelbaum genoss, was ihm diese Erinnerung so wert machte?

Die Kronen der alten krummästigen Bäume ragten über den niedrigen Deich hinüber, und es war lustig, da oben zu sitzen und mit den Blicken den Segeln draussen zu folgen. Aber lustiger noch war es auf der alten Pappel, lustiger und höher. Wie er das erstemal da hinauf geklettert war und so hoch über der Erde, ganz den Blicken entzogen, auf die weite See hinaussah, war ihm zum ersten Mal das Gefühl romantischer Einsamkeit mit süssen Schauern aufgegangen.

Wie oft hatte er da oben gesessen und sich seinen Träumen überlassen, Träumen, die ihn hinaustrugen auf das weite Meer, in fremde

Länder, auf einsame Inseln, durch Sturm und Gefahren.

Ja, da oben war er zu dem geworden, was er war, da oben hatte er diese Liebe zur Freiheit eingesogen, den Drang, sich abzusondern, immer in Pappelhöhe über der Menge. Was konnte er von da oben nicht alles übersehen! Den kleinen Fischerhafen, die kleine Flotte der Fischerkutter. Er kannte jedes Fahrzeug, jedes Segel. Da lag auch des alten Jönksen Boot, des alten Schweden, von dem er den ersten Schluck Branntwein bekam, und da lag, wenn er sich auf seinem hohen Sitz umdrehte, die Hütte des alten Jönksen, nur durch zwei andere Hütten vom Pastorat getrennt. Man konnte von dem hinteren Pfarrgarten über die kleinen Nachbargärten hinweg in Jönksens Garten sehen, wo immer Wäsche hing, Wäsche, für die Randers ein besonderes Interesse hatte, denn sie war von Inge Jönksen da hingehängt. Inge, die fünfzehnjährige Inge Jönksen! Das war seine erste Liebe gewesen.

Ach, die Romantik dieser ersten Liebe, die ihre junge Brust dem Meerwind bot, und sich auf den Wellen schaukelte, oder klopfenden Herzens hinter dem Zaun des väterlichen Gartens stand und hinüberlugte, wo Inges blonder Zopf schwankte und ihre braunen Arme sich hoben und senkten und grobe blaue Wollhemden, dicke graue Strümpfe, und verwaschene Schürzen,

alles vielfach gepflickt und gestopft, über die
Wäscheleine klammerten.

Aber am schönsten war es doch, wenn sie
zusammen in ihres Vaters Boot hinausfuhren
und sich unter das braune Segel duckten, wenn
der Alte den Kurs änderte und das breite Tuch
klatschend herumschlug. Wie lustig das war!
Wie die Inge lachen konnte! Und wobei gibt
es wohl mehr zu lachen, als wenn zwei junge
Menschenkinder, die sich gerne haben, gezwungen
werden, schnell die Köpfe zusammenzustecken.
„Achtung! Kopf weg!“

O, was konnte er Gerd Gerdsen alles von
Inge und dieser schönen Zeit erzählen. Daraus
konnte der allein einen rechtschaffenen Roman
zimmern. Wie lebendig stand alles vor ihm,
die ganze Idylle seiner glücklichen Jugend in
dem kleinen Fischerhafen. Er wollte das festhalten für Gerd Gerdsen, heute nachmittag noch.
Und er wollte alles unterstreichen für den
Chronisten seines Lebens, was einen Keim trug
zu seiner späteren Entwickelung. Die See mit
ihrem Einfluss, das fromme, aber nicht strenge
Leben im Elternhaus, das ungebundene Treiben
mit den Dorfkindern, die Pappel; ja die vor
allem! Merkwürdig, er sah immer diese Pappel
vor sich, als wäre sie der Mittelpunkt seiner
ganzen Jugendzeit, der Mast, um den sich dieses
ganze lustige Karussell drehte.

Und dann die Schnapsflasche des alten Jönksen. Brrr! Er erinnerte sich noch des ersten Schluckes und seiner höllischen Wirkung. Auch diese Schnapsflasche durfte er seinem Chronisten nicht unterschlagen, sie gehörte mit zu den „Quellen“. Und darauf kam es ja an, alle Quellen bloss zu legen, aus denen sein Leben sich speiste, alle Bäche und Bächlein, die zusammenflossen zu dem einen rätselhaften Gewässer voller Klippen und Untiefen, das sich der Charakter des Doktors der Philosophie Henning Randers nannte.

Ja, es sollte dem Freund nicht an Daten und Dokumenten fehlen. Er wollte ihm sitzen geduldig und nackt, ohne Schleier. Und dann würde es etwas werden, wovor jeder die Augen aufreissen würde, und er selbst wollte mit einer wehmütigen Lust vor seinem Bilde stehn, und mit einer diabolischen Freude über diese Selbstprostituierung.

Dieser Gedanke machte ihn mit einmal lebendig. Er steckte das Buch zu sich und ging mit dem Ausdruck eines Menschen, der in einer wichtigen Sache einen guten Entschluss gefasst hat, leicht und schnell den Waldweg hinauf. Einen Augenblick zögerte er beim ersten Jägersteig, der in das Buschwerk abbog und dessen dunkle Öffnung ihn so einladend ansah, aber er blieb diesmal auf dem breiten

Weg, dem Holz, und Wildfuhren tiefe Furchen eingegraben hatten.

Der Weg war sonnig. Das niedre Seitenholz warf seinen Schatten um diese vorgerückte Morgenstunde kaum einen Fuss breit. Da gab es Bienensaug und gelben Löwenzahn, und roten und weissen Klee, und Männertreu und wilde Stiefmütterchen. Hin und wieder an feuchten Grabenstellen Vergissmeinnicht, in grossen Mengen bei einander. Und überall am Waldrand hin Farren und Feldschachtelhalm. Und überall Bienen und Schmetterlinge.

Um einen Brombeerstrauch, der an seinem schattigen Platz etwas zurückgeblieben war und fast noch ganz in Blüte stand, gaukelte ein Schwarm Kohlweisslinge, darunter zwei himmelblaue Zwergfalter. Randers blieb stehen und sah eine Weile diesen leuchtenden, flimmernden, lautlosen Schmetterlingsspielen zu. Es unterhielt ihn, belustigte ihn, wie sich Schmetterlinge und Bienen die süssen Tropfen streitig machten. Es war ein ähnliches Behagen, wie das, womit er zusah, wenn sich zwei Jungen balgten. Wer ist der stärkere? Ha! Bravo! Der sitzt! Recht so, zeig's ihm!

So stand er und sah lächelnd in diese Flügelschlacht.

Es war ein beständiges Kommen und Fliehen und das Gezitter und Gefächel aller dieser

weissen Flügel über den weissen Blüten in der
hellen weissen Sonne blendete ihn zuletzt.

Es war ganz still. Man hörte nichts als das
anheimelnde Summen der Bienen. Hin und
wieder das Geräusch knackender Zweige, wenn
ein Tannenzapfen zu Boden fiel, oder ein Tauben-
gurren, und von den entfernten Weiden her das
gedämpfte Brüllen der Rinder.

———

5.

Am Lohteich traf Randers auf Claus Mumm,
den Holzfäller.

Der Lohteich war ein kleiner Waldsee, ganz
von hohen Buchen umgeben, deren weitüber-
hängende Zweige sich nach den weissen Wasser
rosen zu sehnen schienen, die in ihrem Schatten
auf dem stillen Wasserspiegel schwammen. Im
Schilfgürtel standen ein paar hohe gelbe Schwert-
lilien, leuchtend in dem saftigen Grün um sie
her.

Randers kämpfte mit der Lust eine besonders
prächtige Lilie zu pflücken, als Claus Mumm
heranschlürfte und seine Aufmerksamkeit ablenkte.

Der Alte ging gebückt unter einer Last
dürren Zweigholzes und gestützt auf einem
derben Knüppel, den er irgendwo aufgelesen

2*

haben mochte. Er rückte mit der Hand etwas
an seiner grauen Wollmütze und sah mit scheuem
Blick aus den kleinen, trüben, rotumränderten
Augen zu Randers auf. Ein stummer unter-
würfiger Gruss, in dem viel Druck lag. Der
Alte seufzte unter mehr als unter der Last des
seinem mürben Rücken aufgeladenen Holzes.

„Dag Mumm, wo geit?"

Der Alte blieb stehen.

„Na, woans is dat? hebben Se noch nix
hürt?"

„Ne Herr! He sitt ja nu erst."

Er sah kaum auf beim Sprechen, seine Stimme
klang engbrüstig, pfeifend. Eine traurige, ge-
drückte Stimme, die zu den scheuen, traurigen,
kranken Augen passte.

„Hebben Se denn Hoffnung?" fragte Randers

Ein kurzer Aufblick der müden Augen war
die ganze Antwort. Dann setzten sich die alten
Beine in schlürfende Bewegung. Es lag etwas
Hoffnungsloses in diesem stummen Abbrechen.

„Adjüs Mumm," rief Randers ihm nach.
„Laten Se man den Mood nicht sinken."

Petersen, der Lehrer, hatte ihm von dem
Alten erzählt, dessen einziger Sohn wegen
Mordes in Untersuchungshaft sass. Es war nur
eine halbe Erzählung geworden, durch Da-
zwischenkunft anderer gestört. Nachher waren
sie nicht wieder darauf zurückgekommen. Jetzt

war Randersens Neugier durch diese Begegnung wieder rege geworden. Den Alten selbst hatte er nicht ausfragen mögen.

Es war ein Mädchenmord, an der eigenen Geliebten begangen, die unverständliche Tat eines überall beliebten, unbescholtenen Burschen. Ein Rätsel. Um eine ältere Verpflichtung gegen eine andere, die ein Kind von ihm trug, erfüllen zu können, hatte er den Mord begangen. Warum tötete er nicht die ungeliebte, unbequeme Mahnerin?

Randers dachte sich in die Seele dieses einfachen Knechtes hinein. Der Fall interessierte ihn. Es war etwas für seinen psychologischen Spürsinn. Und nun kombinierte er sich so eine Bauernpsyche nach seinem Bilde, und es lag ihm alles so klar auf der Hand, und er wollte eine Novelle daraus machen, er oder Gerd Gerdsen. So eine moderne Bauernnovelle für die Feinschmecker.

Er lachte bitter auf bei dem Gedanken. Da wollte er mal wieder etwas. Was wollte er nicht alles. Er würde auch diesmal nicht über den Plan hinauskommen, er der grosse Woller und Nichtskönner. Aber einerlei, vielleicht glückte es diesmal. Hier war ein bestimmter Fall, hier lagen Tatsachen vor, Dokumente. Petersen musste noch mal heran. Der erzählte so nett umständlich, mit allem

Drum und Dran, was einen andern zur Verzweiflung bringen musste, aber für den Psychologen gerade das rechte war, weil es ihm Fäden in die Hand gab.

Auf hügeligen Wegen hatte Randers allmählich auch den Hochwald durchquert. Der schmale Waldstieg mündete durch einen Wallausschnitt in einen sanftabfallenden Landweg. Reifender Roggen dehnte sich weit aus, ein gelbes, unbewegtes Feld, dahinter ein Schlag noch graugrünen Hafers, dann, aus einer Talmulde heraus, Strohdächer, ein ganzes Dorf. Ganz hinten Wald, lang ausgestreckt.

Randers erkletterte den buschigen Wall, um besser Rundschau halten zu können.

„Ob man weiter geht?" sagte er laut.

Eine heisse Luft lag über den Feldern, ein flimmernder Dunst. Der Himmel spannte sich wolkenlos darüber.

Randers stand regungslos und sah in die sonnige Landschaft hinein, wie hypnotisiert von dem Meer von Licht da draussen.

„Die Sonne bei der Arbeit," sprach er halblaut. „Die Sonne beim Brutgeschäft. Diese grosse Muttertätigkeit." Es lag ein leiser Widerwille im Ton.

„Diese ewige Zeugung, dieses unendliche Gebären. Sinnlos, zwecklos. Wozu? Diese ekelhafte Geilheit der Natur."

Nein, er wollte da nicht hinein in diese Brut-
hitze. Er wollte zurück in den Wald. Da draussen
war ein Schweissduft über der üppigen Korn-
landschaft. Mühseliges Sichabrackern ums tägliche Brot.

Im Wald roch er wenigstens den Menschen
nicht.

Er wandte sich ab und sprang mit geschlossenen
Beinen, etwas steif von dem Wall herunter, dass
das trockene Bodenlaub unter seinen Füssen
aufraschelte und die dürren Zweigabfälle knackten.

Er ging ziellos durchs Unterholz und traf auf
einen Himbeerstand.

Er erinnerte sich, dass Schullehrers Christine
ihm von einem solchen gesprochen hatte. In
der Nähe des Lohteiches sollte er sein.

Es war ein ganzes Himbeerfeld, mehr ein
kleiner Himbeerwald. Busch an Busch, voller
roter, reifer Früchte. Er naschte. Er gab nicht
viel um dergleichen Schmaus. Aber er konnte
die Dinger doch nicht hängen sehen, ohne zu
pflücken, wahllos, wie sie ihm am nächsten
hingen.

Dann bekam er es satt und legte sich auf
den Rücken. Der Boden war stellenweise glatt
und sauber, zum Ruhelager wohl geeignet. Es
standen nur wenige grosse Bäume hier, und er
hatte einen freien Blick auf ein grosses Stück
Himmel. Es hing nur ein einziges Wölkchen

da oben, wie vergessen. Eine weisse, duftige
Feder, zierlich geschweift, ein Flaum.

———

6.

Randers lag im Schatten, die Arme unter
dem Genick verschränkt, und starrte in die
Sonne hinaus. Und da waren gleich wieder die
roten Flocken, tanzten vor seinen Augen. Das
rote Röckchen von Schullehrers Christine.

Sie hatte gestern hier Himbeeren geholt.
Ob sie heute wieder pflücken würde? Und er
sah sie vor sich, in ihrem roten, etwas kurzen
Kleid, aus dem die Fünfzehnjährige herausgewachsen war, mit ihren zwei schweren,
schwarzen Zöpfen, und der adretten, etwas kecken
Haltung, frisch, kernig, gesund.

Sie war ihm gleich aufgefallen, und er mochte
das hübsche Ding leiden. Das Kind! Und er
hatte es sie unverhohlen merken lassen, indem
er sie mit etwas onkelhafter Güte behandelte.

Aber neulich, vor drei Tagen, als sie in
später Abendstunde neben ihm vor der Haustür stand, ein Gewitter hatte sie länger wach
gehalten, da hatte sie so eigen mit ihren grossen
schwarzbraunen Augen zu ihm aufgesehn und
auf seine Reden immer nur verschämte wort-
karge Gegenrede gewusst.

Auch jetzt sah er diese grossen, dunklen Kinderaugen mit diesem wunderlichen halb scheuen halb fragenden Ausdruck so aus dem Leeren auf sich gerichtet. Dann schoss das andere so zusammen, und zuletzt hätte er sie zeichnen können, so deutlich sah er sie vor sich: das rote Röckchen mit dem verschämten Flicken unten am Saum, die etwas grossen Füsse in den Holzpantoffeln, die grauen, groben Strümpfe um die vollen festen Waden.

Als er so an sie dachte, kam sie, kam wie gerufen. Er erstaunte nicht mal darüber. Nur ein flüchtiges Lächeln, ein leises vergnügtes Schmunzeln ging über sein Gesicht, und den Kopf ein wenig erhoben, um besser sehen zu können, nickte er wie zur Bestätigung eines unausgesprochenen Gedankens.

Sie war ohne Hut, ganz wie sie im Hause, in der Wirtschaft ging, aber in Stiefeln, statt in Pantoffeln. Sie trug einen grossen, braunen Henkelkrug, aus dem sie naschte. Sie mochte schon unterwegs Beeren gepflückt haben, sie standen überall reichlich, freilich nirgend so wie hier.

Sie sah ihn nicht und fing gleich an zu pflücken.

Ob er sie anrief? Es machte ihm Spass, sie so heimlich zu beobachten. Alle Augenblicke warf sie eine der vollen Flechten über die Schulter zurück. Immer, wenn sie sich tiefer bückte, fiel wieder eine nach vorne. Zuletzt liess sie sie hängen, wie sie wollten.

Er lag ganz still und freute sich des Augenblicks, wo sie ihn gewahr würde und einen Schrecken bekäme. Aber seine Geduld wurde auf eine harte Probe gestellt. Die Kleine suchte gründlich Busch für Busch ab und entfernte sich dabei immer mehr von ihm. Zuletzt hielt er's nicht mehr aus und klatschte laut in die Hände.

Erschrocken fuhr sie mit dem Kopf herum, sah nach allen Seiten, mit grossen neugierigen Augen, aber durchaus nicht ängstlich. Sie war augenscheinlich das einsame Umherstreifen gewohnt und kannte keine Furcht.

Wenn nun ein andrer hier läge?

Sie war doch schon in dem Alter.

Und dann gingen ihm flüchtig allerlei Gedanken an Mord und Verbrechen durch den Kopf und die Geschichte mit dem jungen Mumm.

Er klatschte noch einmal, richtete sich halb auf und lachte ihr hell ins Gesicht.

„Nein, aber Gott doch, was haben Sie mich erschreckt," rief sie, lachte aber vergnügt über den Spass und kam gleich zu ihm hin.

„Sehen Sie mal, so viele."

Sie hielt ihm mit kindlicher Freude den schon halbgefüllten Topf hin. Er fuhr mit der

Hand hinein, so dass sie mit einem kleinen Auf-
schrei das Gefäss zurückzog.

„Die gehn ja alle kaputt," schalt sie.

Dann liess sie sich ungeniert vor ihm aufs
Knie nieder und hielt ihm den Topf bequem,
leicht schüttelnd, dass ihm die losen Beeren in
die geöffneten Hände rollten.

„Noch'n paar," drängte sie, aber er wollte
nicht mehr.

„Nun setz dich erst mal'n bisschen hierher,"
sagte er.

Sie war gerade aufgestanden und sah ihn
etwas verschämt an. Aber sie lachte dabei, und
ihre Augen verrieten, dass sie wohl Lust hätte.
Er rückte ein wenig beiseite, und diese stumme
Aufforderung genügte. Sie setzte sich zu ihm
in schrittweiter Entfernung, fing auch frisch-
weg an zu plaudern, kindlich ungeniert: wie
heiss es heute wäre, und ob er schon lange
hier läge, und ob er über den Fuchsberg gekommen wäre oder am Lohteich längs.

Als sie den Fuchsberg nannte, wollte er
fragen, wo der sei, er hatte ihn neulich vergeblich gesucht. Aber die Erwähnung des Loh-
teichs brachte ihn wieder davon ab und auf den
alten Mumm.

„Sag mal," fragte er, „was ist das eigentlich
mit dem Mumm für eine Mordgeschichte?"

„Nicht wahr, wie schrecklich?" sagte sie.

„Der hat seine Braut ermordet, was?“

„Ja, die eine.“

„Die eine?“ fragte er.

Er musste lachen.

„Hat er denn mehr gehabt?“

Sie wurde ganz rot, halb aus Verlegenheit, weil sie aus seinem Lachen entnahm, dass sie wohl eine Dummheit gesagt hatte, halb aus Scham, der Sache wegen.

„Ist das hier passiert, in diesem Holz?“ fragte er.

„Etwas weiter längs.“

Sie zeigte mit der Hand nach links:

„Im Schreiberholz; wissen Sie?“

Er wusste.

„Ob sie ihm nun wohl was tun?“ meinte sie.

„Wenn er es getan hat.“

„Möchten Sie das wohl sehen?“

„Möchtest du das?“

Sie besann sich einen Augenblick, während ihre Augen sich vergrösserten.

„Gitt e gitt,“ rief sie affektiert und wandte sich wie vor etwas Entsetzlichem ab. Aber ihre Augen straften sie Lügen. Er merkte es wohl. Aber das „Gitt e gitt“ kam so komisch heraus, dass er lachen musste.

Sie lachte ganz lustig mit, aus Lust am Lachen. Das war ihm gerade recht. Was sprach er auch mit ihr von Mord und Hinrichtung. War das eine Unterhaltung für sie?

Er wälzte sich mit einer Schwenkung näher und lag jetzt auf dem Bauche, die Ellenbogen aufgestützt und die Hände gefaltet.

Sie hatte einen Himbeerfleck auf der Schürze, und er machte sie darauf aufmerksam.

Sie verzog den Mund etwas.

„Das macht nichts.“

„Und genascht hast du auch,“ fuhr er fort. „Da sieht man’s.“

Er zeigte mit dem Finger nach einem Fruchtfleck auf ihrer linken Backe. Sie bog sich zurück und schlug nach seiner Hand.

„Wo?“ fragte sie und machte einen vergeblichen Schielversuch nach dem Fleck. Er tupfte nochmal mit dem Finger nach ihrem Gesicht, und da sie es nicht dulden wollte, fing er ihre Hände ein, hielt sie mit einer Hand umklammert, richtete sich halb auf und berührte etwas unsanft mit dem Zeigefinger die Stelle auf ihrer runden, weichen Wange.

Sie kreischte auf und rang mit ihm.

„Du Racker.“

Er hatte wirklich Mühe sie zu halten. Er lag auf den Knieen vor ihr. Auf einmal riss er sie fest an sich und küsste sie.

Sie schrie auf und schnellte zurück, als er sie los liess. Sie war mehr erschrocken als gekränkt, und sah mit einem etwas dümmlichen Lachen auf ihre Schürze.

Ihre Schulmädchenhaftigkeit machte ihn vor sich selbst lächerlich. Wie kam er dazu, dieses Kind zu küssen. Er fühlte das Bedürfnis, sich vor sich selbst zu entschuldigen.

„Siehst du, das ist die Strafe," sagte er aufstehend.

„Wofür?" fragte sie patzig.

„Für das Naschen."

„Ach Sie!"

Sie machte eine eigensinnige Schulterbewegung und rieb mit dem Schürzenzipfel, den sie unbedenklich mit der Zunge befeuchtete, den Fruchtflecken auf ihrer Backe.

„Na, adieu Kind," sagte er und reichte ihr die Hand. „Nun pflück auch fleissig."

„Wollen Sie schon gehen?"

Er sah in ihren Blicken, dass sie gerne gesehen hätte, wenn er noch bei ihr bliebe. Aber er nickte ihr freundlich zu und ging.

Verdutzt sah sie ihm nach. Enttäuschung malte sich auf dem hübschen Kindergesicht, Unmut und Übellaunigkeit. Und die Spitze des rechten Daumens zwischen die festen weissen Zähne geklemmt, stand sie noch eine ganze Weile fast regungslos und sah mit grossen Augen in die Richtung, wo er verschwand.

7.

Mutter Petersen stand vor der Haustür und trieb Randers mit Händeklatschen zur Eile an. Er hatte sich verspätet, sie warteten schon auf ihn, die Suppe stand auf dem Tisch.

Während des Tischgebetes, das jeder leise vor sich hinsprach, sah er in seinen Teller. Er hatte schon lange kein Tischgebet mehr gesprochen. Es war ihm schon im Elternhause, wo es die Reihe herumging, zu einer leeren Form geworden.

> „Liebster Jesu! sei unser Gast
> Und segne, was du bescheret hast.
> Amen!"

Gesegnete Mahlzeit! Auch so eine Redensart. Später war es ihm geradezu gegen den Geschmack. Es war ihm würdelos, unanständig, der unpassendste Augenblick, Gottes Wort oder nur seinen Namen in den Mund zu nehmen, wenn in diesem Mund schon das Wasser zusammenlief nach dem Braten, und der dampfende Kohl die Nase kitzelte.

Aber anfangs hatte es ihn doch angeheimelt, das erste Mal und einige Tage lang, als sie hier alle die Köpfe senkten und andachtsvoll auf die gefalteten Hände in den Schoss sahen, bevor sie mit dem Löffel in die Suppe fuhren. Das war so patriarchalisch, schlicht und ein-

fältig. Er tauchte in diese einfältige Frömmigkeit
mit unter, es kam ein Gefühl des Geborgenseins
und des Vertrauens über ihn, wie im Elternhaus,
und er empfand einen grossen Respekt vor diesen
einfachen Leuten. Aber zuletzt war es ihm
doch wieder komisch vorgekommen, dieses beinahe marionettenhafte stumme Beten.

Er hatte verstohlen beobachtet. Der Schullehrer machte es einfach, still, fast demütig. Es
lag eine gewisse Würde in seinem Tun. Aber
Mutter Petersen machte es mit einer gewissen
Ostentation, ruckweise, mit strammen, kurzen Be-
wegungen, gleichsam taktmässig, im Paradeschritt
vor ihrem Herrn und Heiland. War sie fertig,
griff sie sofort munter zum Löffel, während ihr
Eheherr auch darin eine gemessene Würde bewahrte, langsam, zögernd nach dem Löffel langte,
als schäme er sich, Profanes und Heiliges so
unvermittelt an einander zu koppeln.

Christine machte es nach Kinderart, gründlich, als sagte sie alle Gebete her, die sie
wusste. Aber ihre Augen gingen dabei verstohlen von einem zum andern, und nie hörte
sie vor den Eltern zu beten auf.

Heute sass sie verlegen vor ihrem Teller.

Randers wusste warum.

„Es war sehr jungshaft von dir," dachte er.
„Wie konntest du dieses Gänschen da küssen."
Er schämte sich.

Nach Tisch lag er wieder auf der Bank unter den Buchen. Da lag er lange, erst im Halbschlaf, die Stimmen der Schulkinder hörend und das Geklapper ihrer Holzpantoffeln. Der Lehrer klatschte in die Hände, das Signal, womit er den Anfang der Schulstunde verkündete und die Säumigen von der Landstrasse und dem Spielplatz hinter dem Schulhause in die Klasse rief. Randers versuchte etwas zu lesen, fiel aber wieder in den dumpfen Zustand zwischen Wachen und Träumen zurück, bis er sich gewaltsam aufraffte und die Müdigkeit abschüttelte.

Er steckte sich eine Cigarre an und begann in sein Notizbuch zu kritzeln, Verse, die er den ganzen Morgen mit sich herumgetragen:

Umzwitschert rings von muntern Vogelscharen,
Steht mir vor Augen einer Laube Blühen,
Und vor dem Tische unter goldnen Haaren
Seh flutentief ein Auge ich erglühen.
Was trieb es mich, mit Glück und Stern zu sparen
Und mich zu weihen törichtem Bemühen?
Nun schüre ich in Aschen, die vor Jahren
Geglüht, und seh sie in die Winde sprühen.

Er hatte wieder die Sicilianenwut. Eine ganze Reihe von diesen Dingern hatte er in der letzten Woche hingekritzelt, mit Blei, in kaum lesbarer Schrift. Es stand alles bunt durcheinander! Einfälle über Kunst und Literatur, Schuldenberechnungen, Wäschenotizen, und allerlei gleichgültige Aufzeichnungen für den Tag. Manchmal war ein kräftiges Urteil quer darüber geschrieben, wie: Unsinn! Blödsinn! Gewäsch!

Randers hatte eigentlich Notizen für Gerd Gerdsen machen wollen an diesem Nachmittag. Aufzeichnungen aus seiner Jugendzeit. Aber er wollte es nun lieber bis morgen lassen. Es träumte sich so nett hier.

Vom Schulhause herüber klangen abgerissene Töne eines Kirchenliedes, helle Kinderstimmen, und ab und an der harte, heisere Bass des Lehrers.

———

8.

Abends kam ein Gewitter. Es war schnell heraufgezogen. Aus der alten Wetterecke hinter dem Schulhause und dem Lehreracker, wo die Wildkoppel und das Fürstenholz in einem stumpfen Winkel zusammenstiessen, kam es her, eine schwarze Wand, die sich gleichmässig vorschob. Eben hatte noch die Sonne hinter dem Fürstenberg ein rotes Feuer angezündet, und jetzt war alles finster. Eine unheimliche Stille. Kein Blatt rührte sich. Alles war wie verstummt und erstarrt vor Angst. Dann ein dumpfes Grollen, einmal, langhinrollend, dann Tropfen, zögernd, schwer auffallend, gleichsam versuchsweise.

Randers lag in seinem Zimmer auf dem Sofa und sah durch das offene Fenster auf die dunkle Landstrasse. Draussen zerrte der Schullehrer seine beiden Kühe hinter sich her. Die Ketten klirrten und die schweren Holzpflöcke schleiften über den Kies des Gartens.

Dann kam der erste Blitz und ein heller, knatternder Donner. Und die Holunderbüsche im Garten legten sich fast ganz auf die Seite und die Fensterflügel rüttelten in den Angeln und eine Tür schlug zu.

Und dann rauschte der Regen herab. War das ein Platschen und Klatschen, und Spritzen und Tropfen, von allen Zweigen, von der Dachrinne, vom Gesimse. Drüben warf der Wind die Kronen der hohen Buchen hin und her.

„Wie ein Schiff im Sturm," sagte Randers. Und er sah dieses Schiff, sah es ganz deutlich. Es war ein grosser Dampfer. Die Wellen stürzten aufs Deck. Die Masten krachten, er sah die entsetzten Passagiere, hörte ihr Schreien. Und er sah den Kampf um die Rettungsgürtel.

Aber das alles verlor sich, verwirrte sich ihm in ein undeutliches Gewimmel. Klar sah er nur den Kapitän auf der Brücke. Der ist blass bis unter die Mütze, die mit dem Sturmband unterm Kinn befestigt ist. Aber wie aus Erz steht der Mann da, festgeklammert mit der

3*

Eisenfaust an dem Geländer der Kommandobrücke. Jetzt beugt er sich nieder. Er kritzelt
etwas auf ein Blatt Papier, reicht es dem
Lotsen. Der winkt ihm mit heftigen, über-
redenden Gebärden. Er schüttelt den Kopf,
er will nicht weichen. Nicht vom Platz!

„Der Held! Der Held der!“

Randers rief es ganz laut. Er glühte vor
Aufregung. Könnte er da oben stehen. Sein
Leben dafür!

Bis zum letzten Atemzuge da oben, einen
letzten Gruss an Weib und Kind, und hinein
in den brüllenden, schäumenden, herrlichen
Mannestod.

Randers sass aufrecht auf dem Sofa und
starrte wie geistesabwesend in die Blitze und
auf die sturmgepeitschten Bäume, als Mutter
Petersen ins Zimmer stürzte und um Christine
jammerte. Sie sei nach Schönfelde gegangen,
um etwas vom Krämer zu holen. Nun sei sie
gewiss bei dem Unwetter unterwegs.

„So’n Gör is ja zu dumm!“

Randers sprang auf, er wollte der Kleinen
entgegen. Mutter Petersen wollte das nicht
dulden.

„Nein, mein Mann soll. Aber wo is er nur?
Er wird bei’s Vieh sein!“

Aber Randers war schon draussen. Sie lief
ihm nach, ob er denn keinen Schirm mitnehmen

wolle. Aber er hörte nicht, er lief nur immer darauf los.

Was hatte er auch da auf dem Sofa zu liegen. Warum war er nicht gleich hinausgelaufen?

Er atmete in tiefen Zügen die feuchte Luft, liess sich den Regen auf die feuchten Wangen klatschen und den Wind um die Ohren sausen.

Welch ein Ächzen und Knarren und Sausen und Donnern in den alten Buchen und Eichen. Ja, das war Musik, die er liebte. Er vergass vor lauter Lustgefühl beinah, weshalb er eigentlich hier bei dem Unwetter die Landstrasse entlang lief, beinahe wirklich lief, als gälte es ein Unglück zu verhüten. Er stürmte nur immer gerade aus und dachte nichts anderes als: wie köstlich, wie ganz köstlich!

Bis er auf Christine traf. Na, ja, das war's ja! Die Kleine war also doch unterwegs. Aber sie hatte sich unter ein Nussgebüsch geflüchtet. Sie hatte den roten Rock von hinten über den Kopf genommen, und vorne aufgehoben und ihre Krämerpakete hineingewickelt, um sie vor dem Regen zu schützen. So machte sie eine wunderliche Figur in dem groben, grauen Wollunterröckchen. Ihr erhitztes Gesicht lugte nur eben aus der künstlichen Kapuze hervor, so sehr hatte sie sich eingemummelt.

Ihre grossen schwarzen Augen blitzten auf, als sie Randers gewahrte.

„Nein, aber, wo wollen Sie denn hin in diesem Wetter? Sie werden ja ganz nass!“

„Ich will dich holen, sie ängstigen sich schon um dich.“

„Was 'n Unsinn!“

Er stand neben ihr, triefend.

Was nun? Er hätte doch lieber einen Schirm mitnehmen sollen. Jetzt wurden zwei nass. Aber sie hatte doch Begleitung, Schutz. Wovor? Sie sah nicht aus, als ob sie sich fürchtete.

Sie sagte nichts weiter, sie schien noch immer in der Erinnerung an die kleine Geschichte vom Vormittag verlegen zu sein.

„Wir können hier doch nicht stehen bleiben,“ meinte er.

„Aber es regnet ja noch so.“

Da fiel ihm ein, dass er sie mit unter seinen Regenrock nehmen könnte; sie reichte ihm gerade bis zur Achselhöhle. Das kam ihm so lustig vor. Er sagte es ihr. Sie wollte nicht, sie zierte sich, obwohl sie Lust dazu hatte. Das sah er ihr an.

„Dummes Zeug! komm! Du wirst ja bis auf die Haut nass. So. Nimm meinen Arm.“

Sie wehrte auch nicht länger ab, sondern lachte herzlich über diesen Spass.

„Aber Sie machen so lange Schritte,“ sagte sie, bemüht, mit ihm Takt zu halten.

Er passte sich ihren Trippelschritten an
und so stapften sie etwas unsicher unter einen
Mantel auf der nassen Landstrasse hin. Sie
sprach vom Wetter, wie schrecklich es regnete
wie schön die Blitze seien, und wenn ein be
sonders lauter, krachender Donner folgte
meinte sie: das hat gewiss eingeschlagen.

Ihm war es wunderlich zu Mut mit den
jungen Ding allein auf der stürmischen Land
strasse. Er hatte der Bequemlichkeit wegen
seinen rechten Arm um ihren Nacken gelegt
Er fühlte jede Bewegung des jungen, lebens
warmen Körpers. Eine keusche Zärtlichkei
überkam ihn. Er war jetzt ihr Beschützer.

„Geht's so? Gehst du auch trocken?"

„Wunderschön!"

Er führte sie vorsichtig um jede Pfütze her
um, so dass sie über seine ängstliche Vorsorge
lachte.

„Ich hab doch schon nasse Füsse."

„Das geht aber nicht."

„Das macht mir nichts."

Ihr hübsches Gesichtchen lachte aus seinem
schwarzen Gummimantel heraus.

„Kiek! Seh ich nicht gelungen aus?"

Ob sie gar nicht mehr an den Kuss dachte?

So brachte er sie leidlich trocken nach Haus.

Nachher konnte er nicht einschlafen, trotz
dem die Fenster offen standen und die kühle,

nach dem Gewitter erquicklich erfrischte Luft ins Zimmer liessen.

Ihm war sonderbar schwül zu Mute.

Als er endlich einschlief, ängsteten ihn wirre Träume.

Er sieht immer Christinens schwarze Augen mit einem seltsamen Ausdruck auf sich gerichtet. Immer starren sie ihn an, zum Verrücktwerden! Er schlägt danach, er stürzt sich auf sie. Er packt sie am Hals, sie lächelt, er würgt sie wie wahnsinnig und empfindet dabei eine namenlose Angst.

Und dann ist es nicht Christine, die er gewürgt hat, sondern die graue Dame vom Steg, sein Gespenst! Sie liegt ganz blass vor ihm, mit geschlossenen Augen, wie eine Wachspuppe. Er dreht sie um wie einen leblosen Gegenstand; sie hat lederne Beine und lederne Arme. Es ist die Puppe seiner Schwester.

Und dazu blitzt es unaufhörlich.

Und dann tritt jemand zu ihm und sagt ihm, er müsse jetzt nach oben kommen, es wäre höchste Zeit, das Schiff würde gleich sinken. Und er stürzt nach oben, stösst die Knie an den harten messingbeschlagenen Stufen der schmalen Kajütentreppe. Und oben steht der Kapitän auf der Kommandobrücke und schreit ihm etwas zu, schreit wie wild und zeigt immer mit hastigen Stössen nach seinen

Händen. Randers sieht seine Hände an, die sind ganz rot, ganz rot von Blut. Er erschrickt. Nun stecken sie dich ein.

Und das alte blöde Gesicht Vater Mumms taucht vor ihm auf und sieht ihn mit den halberloschenen Augen so traurig und vorwurfsvoll an.

Und eine entsetzliche Angst packt ihn, eine wahnsinnige Angst. Er will fliehen und kann nicht. Jemand hält seine Beine umklammert.

In Schweiss gebadet wachte Randers auf. Der Mond stand noch fast auf derselben Stelle über dem Buchenportal. Randers konnte nicht lange geschlafen haben, keine Viertelstunde.

Diese wüsten Träume. Wie sich das alles durcheinanderwirrte!

Und nun gar dieser Mord! Welche wahnsinnige, boshafte Freude hatte er dabei empfunden, als er diesen weissen Hals würgte, dass diese dummen, glotzenden schwarzen Augen weit aus ihren Höhlen traten.

Ihm schauderte. Lag das wirklich in ihm? Können Träume etwas in uns hineintragen, holen sie nicht nur aus uns heraus?

War es nur die Mummsche Geschichte, die diesen Traum auslöste?

Auslöste?

Also mussten Mordgelüste in ihm verborgen sein!

Er meinte nicht auslösen, er meinte es anders. Es war natürlich nichts als ein Erinnerungsbild. Aber er hatte doch etwas empfunden dabei, und so intensiv wie kaum je beim Wachen.

Es liegt in uns allen, wir haben alle diese Mordgelüste in uns. Und er glaubte jetzt auch zu verstehen, warum der junge Mumm seine Geliebte ermordet hatte. Wenigstens verstand er die Möglichkeit, wenn auch noch nicht das Motiv.

Und er lag und grübelte weiter nach, verbohrte sich hartnäckig darin.

Und zuletzt kam es ihm doch wieder zu rätselhaft vor.

Oder konnte Liebe in plötzliche Mordlust umschlagen? Ja, gewiss! Ein ganz bestimmtes Gefühl bejahte das in ihm. Aber die Fäden bloss legen, wie sich das zusammenspinnt. Die allmählichen Übergänge. Es geschieht da nichts sprungweise.

Ein Weib aus Liebe zu Tode peinigen!

Er schlief zuletzt wieder ein über diese Grübeleien.

———

9.

Am folgenden Tage waren alle Wege aufgeweicht. Auf der Landstrasse standen grosse

Pfützen, und im Garten, gerade vor der Haustür, hatte sich ein kleiner See gebildet.

Als Randers, halb angezogen, durchs offene
Fenster die erquickende Morgenluft einatmete,
sah er Christine vor diesem See stehen und
ihren Holzpantoffel mit der Spitze des Fusses
wie einen Kahn übers Wasser lenken. Sie war
ganz vertieft in diese kindliche Unterhaltung,
so dass sie das Kommen der Mutter nicht
hörte. Auf einmal hatte sie eine kräftige Ohr-
feige weg. Es war Randers, als hätte er sie
selbst bekommen.

„Verdammte Deern, das sag ich aber Vater.
Das is doch rein zu arg!“

Randers trat bei diesen Scheltworten vom
Fenster zurück. Dann hörte er Weinen und
das Klappern sich entfernender Holzpantoffel.

Wie konnte man ein so grosses Mädchen
noch schlagen. Er war erbost darüber.

Am Kaffeetisch war er wortkarg vor Ärger.
Christine nahm nicht teil am Frühstück, sie
erhielt ihre Milch und ihr Brot wie immer in
der Küche.

Nachher traf er sie auf dem Hofplatz. Sie
stand hochaufgeschürzt, mit blossen Armen, und
scheuerte die Milcheimer mit einem kurzen
Reisbesen. Sie war heiss von der Arbeit und
ihre Backen glühten. Sie grüsste ihn sehr verlegen und sah kaum auf von ihrer Arbeit.

Er hatte den wunderlichen Gedanken, auf welche Backe sie wohl den Schlag empfangen hätte.

Ein richtiges Ohrfeigengesicht, dachte er.

Sie kam ihm so „tumpig" vor, wie sie so verschämt dastand. Und er empfand gar nichts für sie.

Den Vormittag benutzte er zum Briefschreiben. So sehr er das feuchte Wetter liebte, diese Wege waren ihm doch zu kotig. Vielleicht war's am Nachmittag besser, wenn die Sonne ihre Arbeit getan hatte. Sie stand hell am Himmel und trank die Feuchtigkeit der Luft. Ein leichter Dampf lag über dem Lehrersacker, über der Waldwiese, die mit einem Zipfel den Landweg berührte, und über der feuchten, schwarzen Gartenerde, den Reseda-, Astern- und Stiefmütterchenbeeten.

10.

(Tagebuchblätter.)

Heute an Gerdsen geschrieben, wegen des Romans. Eigentlich eine schnurrige Idee.

*　　*　　*

Mit Petersen beim Lehrer in Süssen gewesen. Unterwegs der jungen Komtesse von Rixdorf begegnet. Lenkte selbst ihre Ponies. Sah leider nur ihren Rücken.

Wer auch so fahren könnte!

In Süssen Kaffee und Kuchen. Junge, leidlich hübsche Frau, sauber, appetitlich.

War auch ein „Gemeinderat“ da, ein Ziegeleibesitzer und Hufner, ein gutmütiger Riese. Streit über das neue Gesangbuch. Die Lehrer waren dafür.

Der Süssener war für die neuen, frischeren Melodieen. Er spielte ein paar auf dem Klavier. Eine klang wie ein Jägerlied. Der Koloss polterte dagegen. Die Bauern wollten kein neues Gesangbuch, wollten sich das alte nicht nehmen lassen. Es ist so lange gut gewesen, in Freud und Leid, ist ein Stück ihrer Seele geworden. Woraus ihre Eltern und Grosseltern und Urgrosseltern Trost und Erbauung geholt, auf einmal sollte das nicht mehr gelten?

„Ne min Gesangbook lat ik mi nich nehmen. Ik lat mi nich vörschriewen, wat ik singen und beeden schall. Doran lat ik mi nich rögen. Dat is min Religion. Wat wär dat för ’n Religion, de man so quantswies alle fif Johr mal ännert warden künnt! Häw ik recht?“

Ich hatte den Mann lieb in seinem beschränkten Eifer. Ja, daran soll man nicht rühren, oder es fällt alles zusammen. So was muss alt sein, ehrwürdig, durch jahrhundert-

lange Tradition geheiligt. Das Neue ist den
Leuten nichts. Bibel und Gesangbuch müssen
auch äusserlich alt sein, abgegriffen, blank von
vielem Gebrauch, stockfleckig und gesättigt mit
dem Parfüm von Familien- und Krankenstuben.

*   *
*

Bin ich nicht eigentlich ein Erzreaktionär?
Adel und Kirche. Obgleich ich im tiefsten
Grunde (lüge nicht, Randers!) an diese frommen
Dinge nicht glaube. Aber man ist heute so
hübsch isoliert damit, so hübsch in der Minorität. Und Minorität ist vornehm, ist aristokratisch. Majorität ist der Pöbel.

Ich könnte aus Oppositon gegen den Pöbel
in das letzte Kloster gehen.

In andern Zeiten würde ich wahrscheinlich
Freigeist sein, aus Opposition, aus angeborenem
Bedürfnis, mich von der Masse abzusondern,
aus aristokratischen Instinkten. Ich könnte
Demokrat werden aus Aristokratismus. Unsinn!
Na!

*   *
*

Heute Nacht von Berta geträumt. Ich habe
sie doch lieb gehabt. Es war nicht nur, weil
sie sich schick zu kleiden wusste und ein so
damenhaftes Benehmen hatte. Sie war so durch
und durch anständig und so rührend in ihrem

tapfern Kampf. Eine junge, hübsche Direktrice
mit kärglichem Gehalt, ohne Familienanschluss,
in einer Stadt wie Hamburg. Man weiss, was
das sagen will. Und sie war in einem jüdischen
Geschäft angestellt. Nicht, dass sie jemals ge-
klagt hätte. Im Gegenteil. Aber ich habe nun
mal diese Animosität gegen Israel. Sie lachte
mich oft deswegen aus.

Sie war eine vornehme Natur und ein Labsal
nach all diesen Paulas und Ellas und Friedas,
bei denen ich meine Gefühle für das Weib
„an den Mann zu bringen" suchte.

Sie hatte sogar Mässigkeitseinfluss auf mich.
Es war meine Temperenzlerperiode. Aber da
ich sie nicht heiraten konnte, verlangte sie zuletzt Schluss. Entweder, oder! Und ich konnte
sie nicht heiraten. Es wäre ein Hungerleben
geworden. Eine der Ehen, die nichts sind, als
ein langsameres oder schnelleres, aber immer
sicheres und qualvolles Hinsiechen der Liebe.

Sie sah das ein. Ohne Vorwurf, ohne Klage
reiste sie ab. Ein Charakter, eine vornehme
Seele. Eine Aristokratin!

Dieses Denkmal hast du verdient, Berta!

*   *   *

Wie wohl fühl ich mich allmählich in diesen
einfachen Verhältnissen hier, und täglich wird
mir klar, was mir in der Stadt wie ein Strick

um den Hals lag und schnürte und schnürte. Es ist die ganze widerliche Lüge jenes Lebens und Treibens.

Hier ist alles auf Wahrheit gegründet, auf Natur. Nichts ohne Zweck, und der Zweck ehrwürdig, weil notwendig und natürlich. Hier hat jeder noch ein Verhältnis zu seiner Arbeit, ist mit ihr verwachsen. Was hat der Kaufmann, der Krämer, für ein Verhältnis zu seiner Ware? Sie ist ihm nur Mittel Geld zu machen; bringt ihm die schlechte mehr ein, ist sie ihm lieber als die gute.

Und diese ganze Vermittlergesellschaft, die ihr Brot durch Laufen und Schwatzen verdient. Diese ganze, hohle, windige Gesellschaft. Wie lob ich mir den Handwerker, der mit seiner Arbeit, seinem Topf, seinem Schmiedewerk, seinem Stuhl, ein Stück seines Ichs hingibt, des erhaltenen Lohnes würdig! Da hängt Schweiss daran, Liebe, Freude, Ehre.

Und hier der Bauer! Welche Tüchtigkeit, welche Natürlichkeit, welche innere urheilige Notwendigkeit in all seinem Tun. Der Adel der Arbeit!

Und dann sind hier keine Juden.

Juden und Sozialdemokraten, die haben jetzt das grosse Wort. Scheidewasser! Zersetzende Elemente. Ohne Produktivität. Wäre Gott ein Jude, wäre die Welt nicht. Ein Jude kann

kein Gott sein. Der Jude hat Witz, ein Gott
nie. Ein witziger Gott! Ein göttlicher Witz!
Widerspruch in sich.

* * *

Ihr verdreht dem Volk nur die Köpfe.
Bildung in die Menge bringen! Eure Art
„Bildung". Die Menge kann immer nur halb-
gebildet sein, und Halbbildung ist gar keine
Bildung, ist schlimmer als Unbildung. Die
Halbbildung glaubt alles zu verstehen, ist
dünkelhaft. Und sind wir nicht ganz zerfressen
von dieser „Bildung". Überall, in Literatur
Kunst, Gesellschaft? Jeder schwätzt über
jedes! Wo ist Ehrfurcht, Schweigen, Be-
wunderung, Freude?

Alles, das Höchste und Grösste wird auf
das Allerweltsniveau von Müller und Schultze
herabgeschwätzt, und der Ladenjüngling spricht
von Darwin und Ibsen mit derselben Zungen-
geläufigkeit wie von der neuesten Mode und dem
grossen Preis von Hamburg.

Wie kocht es in mir, hör ich so ein Dämchen
über die neueste Richtung räsonieren, oder so
einen Krämerkommis über die moderne Malerei.
Rede einmal so dumm weg über ihre Ware,
ihre Stiefel, ihre Seidenstrümpfe, gleich ver-
klagen sie dich beim Staatsanwalt, dass du sie
diskreditierst, ihr Geschäftchen schädigst. Aber

die Kunst, die Literatur, die sind vogelfrei, da
kann jeder Hans Narr seinen Mist darauf werfen,
dem Dichter, dem Maler, dem Musiker seinen
guten Namen nehmen, seinen Ruf, sein Brot.

Und sie wagen sich an alles, diese „Gebil-
deten!"

Es gibt überhaupt gar keine Bildung mehr. Es
gibt nur Vielwisser, Halbwisser und — Alles-
wisser natürlich. Ausserdem die Dummheit.
Und nur unter den „Dummen" trifft man ab
und an mal ein paar Gebildete.

*   *
*

Gestern rote Grütze, heute rote Grütze,
morgen rote Grütze, rote Grütze in alle Ewigkeit. Amen!

Das Leben geht hier seinen höllisch gleich-
mässigen Gang.

*   *
*

„Wat schall all dat Lihren, Herr. Wenn
se sik man för't Füer wohren und sik man in
acht nähmen, dat se nich int' Water lopen,
wat brukt se mehr to weten. All könt wie
doch nich klook waren."

Hest recht, oll Jürs. Wat schall all dat
Lihren.

*   *
*

Petersen bat mich, keine Pfennige wieder in die „Grabbel“ zu werfen.

„Das v—v—verdirbt die Kinder nur.“

Er hat recht. Aber ich hatte diabolisches Vergnügen daran, wie sie sich balgten, übereinanderkollerten, Buben und Mädel im Staub der Landstrasse. Wie die Hunde um einen Knochen.

Vor zwei Jahren — ich warf mal Bonbons vom Wagen herab, unter die Dorfjugend. Köstlich! Aus dem Staub, dem Schmutz in den Mund. Brrr!

Müssen wir nicht alle unsere kleinen Freuden und Süssigkeiten aus dem Schmutz klauben? Und die grösste Süssigkeit (?), die Liebe, ist sie nicht eine Sumpfpflanze? —

Gott muss keinen Ekel kennen.

*   *   *

Petersen fragte mich heute zum drittenmal, ob ich noch nicht auf dem Aussichtsturm gewesen sei, auf dem Fürstenberg. Aber zum Teufel, ich will da nicht hinauf. Ich hasse Aussichtstürme und jede Art Kletterei, um möglichst viel auf einmal zu sehen.

Wenn es noch ein Leuchtturm wäre. Oder meine alte Pappel zu Hause.

Aber da ist es nicht der Aussicht wegen, weshalb ich da hinaufsteige. Die Poesie des

Leuchtturms, wenn draussen der Sturm tobt
und die Vögel gegen die Laterne stossen. Was
soll ich hier sehen? Wald und Feld und wieder
Wald und Feld, Kühe, Schnitter, Erntewagen.
Immer dasselbe. Von einem Knick zum andern.
Und das ganze läuft nur darauf hinaus, dass man
so weit sehen kann, so weit, bis nach Lübeck hin.
Und dann die Herzen und Pfeile, und die Müllers
und Lehmanns. Vielleicht noch gar ein Fremden-
buch mit albernen Versen.

*   *   *

Ich sehne mich ein Bad zu nehmen, in der
offenen See. Darüber geht doch nichts. Nackt
dem Element hingeben. Direktestes Naturgefühl, Einsgefühl mit der Natur!

*   *   *

Diese dumme Küsserei! Es kam so über
mich. Und so tolpatschig, wie nur ich bei
solchen Sachen bin. Eine ganz unschuldige
Regung der Zärtlichkeit.

Mancher küsst im Vorbeigehen jedes Mädel,
das ihm gerade gefällt, und sie lachen beide
und denken sich weiter nichts dabei. Es ist
alles so naiv, harmlos, wie Blumenpflücken. Bei
mir wird immer eine Haupt- und Staatsaktion
daraus. Ich bin zu schwerfällig, nicht leicht-
herzig, nicht leichtsinnig genug.

Meine onkelhaftesten Regungen und Hand-
lungen unterliegen der Missdeutung.

Hätte ich übrigens geahnt, dass die Kleine
auf einen Kuss so reagierte — und ihr Platz
auf der Schulbank ist noch warm.

* * *

Ich kann übrigens jetzt an sie denken, ohne
dass mir diese roten Flecken vor den Augen
schimmern. Sollte das doch tiefer gelegen
haben? Eine etwas umständliche Art, mich
zum Kuss zu bringen. Die Natur wählt sonst
kürzere Wege, um zu ihrem Willen zu kommen.

* * *

Heute Nacht wieder diese wüsten Träume.
Es rührt doch daher. Naturam expellas furca...
Ich habe zu lange gefastet!

Übrigens die Mummsche Geschichte — alles
schon dagewesen! Er wollte sie keinem andern
mehr gönnen. Es war genug, dass er mit der
andern unglücklich war. Auch das noch ertragen, die Geliebte im Besitz eines anderen
zu wissen, eines Glücklicheren, das ging über
sein Vermögen.

Es ist doch etwas Herrliches um solche Kraft
und Leidenschaft! Wir zahmen, moralischen
Schwächlinge resignieren lieber, ehe wir auch
nur einen Tropfen Blutes vergiessen.

O, nur einmal einer solchen Leidenschaft
fähig sein: Aber das wird uns nur einmal im
Traum beschert.

Meine graue Dame vom Steg habe ich
hoffentlich für immer abgewürgt. Diese Em-
pfindung, als ich ihren Hals zwischen meinen
Fingern hatte. Ein Kuss ist nur ein Glas
Wasser dagegen, und jede andere Art Wollust.

Armer Mumm!

Man muss den Gespenstern nur über den
Hals kommen, allen Arten Gespenstern. Sie
sind schliesslich alle nur Puppen, mit Säge-
spänen ausgestopft, und wenn man sie um den
Leib fasst, quietschen sie.

* * *

Übrigens zur Notiz für Gerdsen:

Ich sah bei einem Übergang über einen
schmalen Wassergraben eine Dame auf dem Steg
stehen. Ganz in Grau gekleidet. Sie starrte
ins Wasser ohne mich zu bemerken. Es war
ein trüber, nebliger Novembernachmittag. Das
Bild prägte sich mir wunderlicher Weise so ein,
dass es mich schlafend und wachend verfolgte.
Seltsamste Hallucination. Oft, in aufgeregtem
Zustand, oder in Traumstimmung, zur Dämmer-
zeit sah ich sie manchmal vor mir, zum greifen;
ich habe mich in das Gespenst verliebt, mit
einer Art Gräberliebe, Gruselliebe.

Sie hatte mich übrigens lange nicht besucht. Heute Nacht war sie wieder da.

Ob sie nun tot ist?

11.

Randers ging am Nachmittag mit dem Lehrer zum Aussichtsturm. Petersen liess ihm keine Ruhe mit dem „verdammten" Turm.

Der Waldhüter, der seine Wohnung am Fusse des alten runden Granitbaues hatte, bewahrte die Schlüssel. Der Mann stand vor der Tür und klopfte einer zierlichen schwarzen Stute schmeichelnd den schlanken Hals. Ein hochbeiniger Fuchshengst legte seine Nase auf den Hals der Gefährtin und schnupperte, als wünsche er an den Liebkosungen teilzunehmen.

„Der Graf ist oben," sagte Petersen.

„Darf man denn hinauf?" fragte Randers.

„Ei gewiss!"

Randers brannte vor Neugier, den Grafen kennen zu lernen. Der Damensattel auf der Stute kündigte auch die Anwesenheit der Komtesse an.

Randers nahm unwillkürlich eine strammere Haltung an, knöpfte seinen Rock zu und rückte nervös an seinem Kneifer.

„Wollen Sie mich bitte vorstellen," bat er.

„Liebenswürdiger Mann, gar nicht hoch—m—m—mütig," sagte Petersen.

Oben trafen sie einen Herrn von ungefähr fünfzig Jahren, in leichtem hellen Reitanzug. Er betrachtete durch einen kleinen Feldstecher die Landschaft und wandte sich nur lässig, kaum das Glas von den Augen absetzend, der Treppe zu, als Randers und sein Begleiter die Plattform betraten.

„Aristokrat vom Scheitel bis zur Sohle," dachte Randers und musterte die schlanke, vornehme Gestalt des Grafen mit neugierigen und befriedigten Blicken.

Wo mochte aber die Dame sein? Die Stute trug doch einen Damensattel!

Die letzte kuppelartige Krönung des Turmes, zugleich die Bedachung der Treppe, überragte die Plattform noch etwas und mochte die Komtesse verdecken. Oder war sie überhaupt nicht mit hinaufgestiegen?

Der Lehrer trat mit einem tiefen Bückling an den Grafen heran.

„Guten Tag, Herr Graf. Wundervoller Blick heute."

Er kam ohne Anstoss über die Anrede hinweg.

„Ah, Sie sind es, mein Lieber."

Der Graf reichte ihm die Hand und machte Randers eine leichte Verbeugung.

„Die Aussicht ist keineswegs wundervoll
heute," sagte er. „Die Feuchtigkeit, der Dunst
in der Luft."

„Ja, ja, zu f—feucht, Herr Graf, zu dicke
Luft," beeilte sich Petersen zuzustimmen.

„Mein Name ist Randers," schnarrte
sein Begleiter und verbeugte sich gegen den
Grafen.

„Herr Dr. Randers," wiederholte Petersen
hastig, als hätte er ein wichtiges Versäumnis
gut zu machen.

„Sehr angenehm. Zum Besuch hier in
unserer Gegend? Ich meine gehört zu haben,
Ihr Gast, lieber Petersen, nicht wahr?"

„Sehr schön, sehr schön," fuhr er mit einer
gewissen, gleichgültigen Lebhaftigkeit fort.

„Wie gefällt es Ihnen bei uns? Schönes
fruchtbares Land."

Er zeigte mit einer ausholenden Arm-
bewegung auf das Panorama. Er wartete keine
Antwort ab, sondern nahm das Glas wieder vor
die Augen und sah den Horizont ab.

Diese kurze, zwar freundliche, aber doch
abweisende Art gefiel Randers; so war es recht,
so war es aristokratisch, immer zehn Schritt
vom Leibe, immer reserviert.

Aber wo blieb denn die Dame?

Er blickte sich beständig um, ging einige
Schritte weiter, aber umsonst.

Wahrscheinlich ging sie immer vor ihm auf, in derselben Richtung.

Am besten ist es, du bleibst stehen, dachte er. Ist sie hier oben, wird sie schon zum Vorschein kommen.

Aber Petersen zupfte ihn am Arm.

„Sehen Sie dort die Ostsee dahinten?“

„Ja,“ sagte Randers, sah aber nichts.

„Und das ist Ploen, sehen Sie? Nein, hier, grad über meinen Stock.“

„Ja, ja, ich sehe,“ log Randers.

Was war ihm Ploen! Er wollte die Komtesse sehen. Die Stute hatte doch einen Damensattel.

„Papa!“ rief mit einmal eine volle, tiefe Mädchenstimme. Eine schlanke Gestalt in enganliegendem schwarzen Reitkleid kam um den Kuppelaufsatz herum, stutzte, als sie Randers sah, und machte Kehrt.

„Die Komtesse,“ belehrte Petersen.

Randers ging sogleich anders herum. Er wollte sie sehen.

Was hatte dieses Mädchen für eine Stimme!

Die Komtesse stand neben ihrem Vater und schien etwas sagen zu wollen, aber durch Randers gestört, sah sie auf, ihm gerad ins Gesicht. Ein flüchtiger, musternder Blick.

Randers zog den Hut sehr tief und sah fragend den Grafen an.

Wirst du mich vorstellen?

Aber der Graf stellte ihn nicht vor, die Komtesse trat einen Schritt zurück: bitte, wenn's beliebt, mein Herr. Die Passage ist frei.

Er musste wirklich vorübergehen, musste wieder um den Turm herumgehen und sich von Petersen die Lübecker Türme zeigen lassen. Nicht ein Wort war ihm eingefallen, womit er eine Unterhaltung hätte anknüpfen können. Da er dem Grafen vorgestellt war, hätte er es ungezwungen wagen dürfen. Aber was sollte er diesen Augen gegenüber sagen? Augen, die zu dieser Stimme passten, Augen mit demselben vollen, tiefen Klang. Augen wie ein norwegisches Berglied.

„Sie hat eine norwegische Stimme und norwegische Augen," sagte er zu Petersen.

Der Lehrer sah ihn verständnislos an und lächelte:

„Norwegische Augen?"

„Ja, Fjordaugen," erklärte Randers.

In diesem Augenblick ging die Komtesse mit den norwegischen Augen und der norwegischen Stimme an ihnen vorüber. Der Graf folgte und nickte, seinen Hut lüftend, freundlich Abschied.

Und Randers hörte die Schleppe des schwarzen Reitkleides die Steinstufen hinabrauschen, hörte von unten herauf noch einmal kurz ihre volle, tiefe Stimme, ein Lachen, und horchte an-

gestrengt nach dem Hufschlag der Pferde. Aber
der weiche Waldboden verschlang den Laut. Nur
einmal klang ein kurzes, helles Hufgeklapper
herauf. Es mussten da irgend wo Steine liegen.

Randers stand, weit über die Brüstung ge-
lehnt, und sah hinab. Er konnte nichts als das
leise, schwankende Laubdach der hohen Buchen
sehen. Er konnte nicht mal den Weg verfolgen,
den sie jetzt ritt. Er wusste nur, da unten
irgendwo unter diesem rauschenden, lispelnden,
wogenden, grünen Zelt leuchten zwei schöne,
tiefe klare Augen.

Fjordaugen!

Aber vier schnelle Füsse führen sie in die
Ferne. Dort hinten, weit hinten, hinter den
Hügeln lag Rixdorf.

Aber nein, diese Augen blieben ja, blieben
ja bei ihm. Ihre Augen liess sie ihm. Er
sah sie immer dicht vor sich. Grosse stahl-
blaue Augen. Von einer fast schwarzen Tiefe,
aber mit einem grüngoldigen Leuchten darüber.

Fjordaugen!

Steil steigen die finstern Felsen auf, aber
zu ihren Füssen liegt das Wasser in wundervoller Klarheit und Tiefe. Der Himmel mischt
sein Blau mit dem Schwarz der Felsenschatten.
Eine Möwenschwinge zuckt hell darüber hin.

Und eine so wundervolle Stille in dieser
versteckten Bucht!

Ein märchenhaftes Grauen überfällt ihn.

Das kleine Boot gleitet ganz langsam durch die klare Flut, durch den Himmel. Es war wie ein Schweben zwischen Meer und Himmel, oder wie zwischen zwei Himmeln. Oben, unten dieselbe Tiefe, dieselbe Höhe, unergründlich, aber klar, ruhig, ganz friedlich, als gäbe es keine Stürme.

Und jetzt plötzlich von oben herab, sanft herunterschwebend, ein Lied. Der Gesang einer Hirtin, einer Sennerin. Tiefe feierliche Klänge, tief und feierlich wie das ruhige Meer.

„Es w—w—wird w—wohl Zeit,“ meinte Petersen.

Randers schreckte auf.

„Ja, ja,“ sagte er hastig.

Unten musste Randers durchaus etwas trinken.

Er hatte Durst. Der Waldhüter hatte Schenk-recht. Es gab freilich nur Schnaps und Bier.

Randers bestellte beides, für drei Personen. Sie stiessen an. Randers trank hastig.

„Sünd woll lang nich hier wesen,“ fragte Petersen den Waldhüter.

„Ne, dat is't erste Mal in düssen Sommer. Süss kömen se öfter mal.“

„Ist es weit bis Rixdorf?“ fragte Randers.

„Anderthalb Stunden,“ sagte Petersen.

„Zu Pferde?“

„Ne, zu Fuss, wenn der Herr stramm geht,“ sagte der Waldhüter.

Randers wollte noch ein Glas trinken, und die andern mussten ihm Bescheid tun.

Nach dem dritten Glas sagte er:

„Verdammt hübsches Frauenzimmer! Noch jung, was?“

„Na, wo olt mag se sin?“ fragte der Waldhüter den Lehrer. „So negentein, twintig.“

„Ne, wo wull du hen? Dre und twintig is se gewiss all.“

„Ach, noch ’n Glas, Herr Wirt,“ bat Randers. Petersen lachte ihn an, und Randers lachte Petersen an. Er war ganz rot, ganz erhitzt.

„Das ist doch das Wahre,“ sagte er, das frische, schäumende Glas prüfend gegen das Licht haltend. „Vornehm, souverän, aristokratisch.“

Er nahm eine hochmütige Miene an und näselte wie ein Gardeleutnant.

„Äh, ich lach auf die Welt!“

Der Waldhüter sah ihn belustigt an: Wat büst du för een?

„Nein, im Ernst, meinen Sie nicht auch, Herr Lehrer,“ eiferte Randers. „Da ist doch noch Rasse, Edelzucht von Geschlechtern her.“

„Ja, es hat was f—f—f—für sich,“ stotterte Petersen.

Randers sah tiefsinnig ins Glas, und der Waldhüter sah ihn an, wie einen, dem nicht zu trauen ist.

„Sagen Sie selbst, meine Herren," rief Randers wieder aufschnellend, „hab ich nicht recht?"

„Ach wat," brummte der Waldhüter ärgerlich. „So'n Lüe möten sin, un anner Lüe möten ok sin. Vor uns Herrgott sind wie all gliek."

„Ja, lieber Herr, das ist ja ganz recht," rief Randers. „Das ist ja aber eine Sache für sich."

„Ja Mau, du v—v—versteihst den Herrn f—f—f—falsch," legte sich der Lehrer ins Mittel.

„Dat mag sin, ik meen aber man. Ik bün man 'n schlichten eenfachen Kirl, dat heet, min Geschäft häw ik ook liert, da kann mi nüms nich watt in seggen. Aber dat meen ik man, so 'n Lüe — na ja, du versteihst mi, Petersen."

Randers sah finster vor sich nieder, nahm seinen Kneifer ab und putzte an ihm herum.

„Zweimalhundertausend Mark jährlich zu verzehren," stiess er nach einer Pause heraus. „So viel muss man haben, um anständig leben zu können."

Nun lachte der Waldhüter aus vollem Hals.

„Tweemalhunnertdusend Mark! Das is nich veel, dat is man grad, um de Botter dorbi to hebben."

Randers lachte mit, und Petersen machte vergebliche Versuche, zu Wort zu kommen.

„Herr Doktor!" rief er, „Herr Doktor! W—w—wissen Sie — Herr Doktor — w—w—w—". Aber er kam nicht zustande damit.

Als aber das Gelächter sich etwas gelegt hatte, fing er noch einmal an:

„Herr Doktor, wissen Sie, was ich m—m—mir dann kaufte? Die W—w—welt kaufte ich m—mir! Die W—welt, Herr Doktor!"

Zweites Buch

1.

Randers war eines Tages in Rosenhagen auf-
getaucht. Rosenhagen gehörte zu Rixdorf, beide
bildeten eigentlich ein Dorf, waren nur fünf
Minuten von einander entfernt.

Rosenhagen bestand nur aus dem Krug und
einigen Tagelöhnerkaten. In Rixdorf gab es
kein Wirtshaus. So hatte Randers im Krug
Quartier genommen. Der Wirt war nicht auf
Logierbesuch eingerichtet und hatte sich gesträubt.
Aber Randers hatte ihn überredet, mit Worten
und mit Geld.

Die Rosenhagener wunderten sich und die
Rixdorfer wunderten sich. Was wollte er hier
bei ihnen?

Seeluft geniessen und baden, sagte Randers.

Das konnte er hier ja haben, aus erster
Hand, reine unverfälschte Seeluft. Baden müsse
er freilich so, von freiem Strand aus. Bade-
karren gäbe es hier nicht. Nur die eine herr-
schaftliche.

Bisher war noch kein Mensch auf den Einfall gekommen, die Seeluft gerade in Rosen-

5*

hagen geniessen zu wollen. Dazu waren doch die vielen Bäder da, längs der ganzen Küste.

Von Rosenhagen führte ein schmaler Feldweg bis hart ans hochgelegene Ufer, schlängelte sich eine Strecke daran hin und führte dann allmählich zum flachen Strand hinab. Randers benutzte diesen Weg nicht oft, er machte gewöhnlich den Umweg über Rixdorf, ging durch den Park, wozu er sich die Erlaubnis erbeten hatte, verfolgte den Fusssteig durch das grosse, zum Schlossgut gehörende Roggenfeld bis zum kleinen Aussichtspavillon, den der Graf auf der hier steil abfallenden Uferhöhe erbaut hatte, und stieg dann eine bequeme Treppe zum Strand hinab.

Jeden Morgen, mit Sonnenaufgang, nahm Randers ein Bad. Er hatte sich eine schöne, steinfreie Stelle ausgesucht. Er musste freilich etwas weit waten, bis ihm das Wasser zum Schwimmen reichte. Aber dann war es herrlich! So ganz allein im weiten Umkreis, höchstens in der Ferne ein weisses Segel, das die See mit ihm teilte. Nur die Wellen entbehrte er, die rollenden Nordseewellen, diese erfrischenden Sturzbäder. Und dies reine absolute Naturgefühl, sich so den spielenden Wellen überlassen zu können, Welle mit den Wellen sein, oder der stählende Kampf mit ihnen. Hier war es meistens ruhig und glatt, nur bei an-

haltendem Ostwind gab es einmal etwas Wellengang. Doch der Ostwind wollte sich nicht ein-
stellen. Aber erquicklich war es doch, dieses
frühe Morgenbad, wenn die See in der ersten
Sonne flimmerte und glitzerte.

Tagsüber ging er viel spazieren, gewöhnlich
in der Richtung durch den Rixdorfer Park.
Der Weg war so viel hübscher als nach der
Rosenhagener Seite hinaus; und er musste doch
die Komtesse einmal sehen!

„Uns Fräulein“ sagten die Leute und „uns
Herr“. Das berührte ihn so patriarchalisch.

Abends sass Randers mit den Tagelöhnern
im Krug. Er hatte gleich in den ersten Tagen
in alle Katen gesehen, kannte alle Frauen, alle
Kinder und hatte sein Vergnügen daran, die
Hunde zu necken. Alle Leute waren einig,
dass es mit ihm nicht ganz richtig sein könne.

„He is ja bi Verstand, sin richtigen Verstand
hätt he ja. Aber wat will he hier?“ sagten sie.
Aber sie kamen gut mit ihm aus. Er war
nicht hochmütig, er verstand sie, er trank mit
ihnen und hatte mal ein Zehnpfennigstück für
die Kinder übrig.

Randers hatte lange nicht so viel getrunken
wie in Rosenhagen. Die Leute hatten es gerne,
wenn man sich mit ihnen abgab. Was sollte
er da machen? Er musste wohl trinken. Und
sie merkten bald, dass er etwas vertragen konnte.

Eines Abends wurde es aber doch zu viel. Er hatte zum erstenmal Fides im Park gesehen, sie über breite Maisrabatten hinweg ehrfurchtsvoll begrüsst und hatte einen verwunderten Gruss zurückerhalten.

Nachher hatten die Kinder und die Hunde einen guten Tag, diese liess er in Frieden und jene beschenkte er reichlich. Und abends tat er den Kätnern im Krug mehr Bescheid als sonst und gab zwei Runden Schnaps aus; ging auch nachher, statt ins Bett, in die Felder hinaus.

Und da stand er mitten im Roggen, singend und mit beiden Armen gestikulierend, so dass er sich von fern gespenstisch ausnahm in der Dunkelheit, wie ein Vogel, der vergebliche Flugversuche macht, oder wie eine Windmühle, die in stossweisem Winde alle Augenblicke ein paar Drehungen macht und dann wieder stillsteht. Ein paar Schritte torkelte er vorwärts, dann stand er wieder still, warf sich in die Brust und sang mit lauter Stimme und tiefer Inbrunst eine heldenhafte Phrase aus einem alten dänischen Liede. Immer dieselbe Phrase, unermüdlich und mit einer tiefen knurrenden Kadenz auf der Schlussnote, gleich dem heiseren, ingrimmigen Brüllen eines gereizten Stieres. Am Morgen hatte er Kopfschmerzen.

Aber das ging nicht, er sah das ein. Er durfte nicht soviel trinken, vor allem keinen

Schnaps. Wollte er wieder krank werden? Freilich lief er ja den ganzen Tag da draussen herum, „verarbeitete“ es wieder. Aber er musste doch vorsichtig sein.

Randers war acht Tage in Rosenhagen, hatte während der Zeit Fides zweimal gesehen, den Grafen aber noch nicht zu Gesicht bekommen. Er hielt es jetzt an der Zeit und für seine Pflicht, seinen Besuch im Schloss zu machen. Was müssen sie denken, dass du dich hier längere Zeit aufhältst, auf ihrem Grund und Boden, um Erlaubnis nachsuchst, den Park betreten zu dürfen, und es nicht einmal für der Mühe wert hältst, deine Aufwartung zu machen. Und obendrein bist du dem Grafen schon mal vorgestellt. Man wird dich für einen Flegel halten.

Er schob aber den Besuch trotzdem noch etwas auf, von einem Tag zum andern. Aber eines Vormittags zog er seine Handschuhe an, graue Zwirnhandschuhe; der eine hatte eine geplatzte Daumennaht, und er nahm ihn deshalb in die Hand.

Sein wichtiges Vorhaben prägte sich in seiner ganzen Haltung aus. Die Frauen in den Katentüren sahen ihm länger nach als sonst, die Kinder hörten auf zu spielen, und die Hunde liefen nur ein paar Schritte hinter ihm her und blafften. Er hatte heute keine Zeit für sie.

Nachmittags sah man ihn mit dem Grafen
durchs Dorf gehen, im eifrigen Gespräch, mit
einer häufigen ehrfurchtsvollen Halbwendung
nach seinem Begleiter. Und er sprach sehr
laut und etwas durch die Nase.

Die Leute auf den Feldern sahen sie und
die Melkmädchen auf der Koppel.

Abends im Krug wollte die Unterhaltung
nicht so recht in Gang kommen. Sie sprachen
nicht so laut wie sonst, und Randers hatte das
Gefühl, als ob er sie geniere.

———

2.

Randers an Gerdsen.

Dank für Ihre lustige Postkarte. Aber bitte,
bis auf weiteres nichts mehr auf Karte. Wie
Sie sehen, bin ich nicht mehr im Schulhaus
zu Grashof. Wie ich hierherkam? Durch Zu-
fall und Frechheit! Nächstens davon.

Feudales Weib! Hocharistokratisch, Dänenblut! Die ganze Familie hocharistokratisch,
immens reich.

Bruckner-Rixdorf, Seitenlinie in Dänemark
verzweigt.

Es ist nichts mit den Direktricen. Überhaupt
alle anderen Weiber — Imitation! Rasse, Vor-

nehmheit, das ist es. Edelzucht, von Geschlechtern her.

Augen wie ein Märchen. Nordseeaugen! Das macht das Dänische.

Herrgott, was für ein betrunkener Brief! Nächstens mehr von Ihrem

R.

———

3.

Gerd Gerdsen an Randers.

Liebster Doktor!

Hat Ihr Dämon Sie endlich in die Arme einer Aristokratin geführt? Der Mensch entgeht seinem Schicksal nicht, und Sie sind auf den Adel zugeschnitten. Vielleicht auch auf den russischen Staatsrat. Alle Ihre Talente weisen auf den Baron hin, den Lebemann — im feinsten Sinne.

Sie führen doch Tagebuch in Rixdorf? Ich brauche Dokumente. Der Roman des Herrn Dr. phil. Henning Randers wird geschrieben, ein Spiegel für ihn, ein Kuriositätenkabinett für den Leser und eine Kurzweil für seinen Verfasser. Aber Dokumente, Dokumente! Meine Imagination, meine Psychologie allein reicht Ihnen gegenüber nicht aus, Sie müssen mir helfen, Sie zu greifen. Sie lasen mir mal Verse vor. Haben Sie noch davon? Haben Sie sonst etwas Schriftliches? Confessions?

Übrigens, was den russischen Staatsrat anbelangt, erinnern Sie sich noch unseres Gesprächs vor Ihrer Abreise? Sie wollten einen Artikel über Alexander den Dritten schreiben und sahen in der Ferne einen Orden. Es war ein klein wenig Ernst bei dem Scherz. Sie hatten Sympathieen für den unglücklichen Autokraten, und nicht nur für den Gemahl der dänischen Dagmar. Wie einträchtig stand auf Ihrem Schreibtisch die Photographie der kaiserlichen Familie, Alexander an seinem Arbeitstisch, im Vordergrund die Kaiserin und ihre Schwester, wie einträchtig stand dieses Bild neben dem Porträt der — Dolgorucki!

Sie müssen einen Tropfen Dänenblut in Ihren Adern beherbergen und auch einmal etwas mit der Zunge eines Ihrer Urahnen sich an Talglichtern delektiert haben. Dänischen Frauenzimmern und russischer Musik gegenüber sind Sie Wachs. Und was das Russische anbelangt, Ihre Instinkte gehen auf die Knute. Das heisst, Sie würden vor der Anwendung zurückschrecken, aber im Prinzip haben Sie nichts dagegen. So ein herzlicher Patriarchismus mit dem Recht der Knute, da wo es nötig wäre, und sonntags abwechselnd Gottesdienst und — nihilistische Vorlesungen.

Lachen Sie? Ich auch! Aber zu einem solchen Bilde kommt man, wenn man versucht, sich eines von Ihnen zu machen. Es sind so viele Fäden, die ich alle einzeln in der Hand habe. Aber es wird kein rechtes Gewebe daraus.

Also Dokumente, Dokumente! Sonst werden Sie am Ende in meinem Roman zu einem Kirgisen oder Tataren.

Mit der Liebe, die der Gelehrte für den Schmetterling hat, den er für seine Sammlung aufspiesst, bin ich

Ihr getreuer

Gerd Gerdsen.

———

4.

Fides sass vor einem Stickrahmen in der offenen Verandatür. Draussen band der Gärtner einen Zweig prächtiger Maréchal Niel, der sich unter der Last der Blüten tief herabbeugte, an den Stock. Ein paar Tauben liefen auf dem weissen Kiesplatz vor der dreistufigen Steintreppe, die in den Garten hinabführte, jagten sich, scharrten und warfen sich in die Brust und gurrten.

Alles lag in warmer, heller Sonne. Breit flutete ein Streifen goldenen Lichtes durch die offene, weinumrankte Veranda ins Zimmer hinein, machte die Silberschnallen auf Fides kleinen Bronzeschuhen blitzen und funkeln, die Ringe an ihrer schlanken, etwas grossen Hand, und den Silberpfeil, der den schweren Knoten des vollen blonden Haares hielt. Auch dieses weiche seidenweiche Blondhaar leuchtete, und die kleinen Ringel- und Kräusellöckchen über der Stirne sahen ganz goldig aus. Und die bunte Seide in ihrem Körbchen, die fast vollendete Stickerei im Rahmen, leuchteten und schillerten in tausend Nuancen.

Der süsse Duft der Rosen drang durch die offene Tür und erfüllte den ganzen Raum, bis zu Randers, der am Flügel sass und phantasierte.

Ganz in sich zusammengesunken, das Kinn auf die Brust gesenkt, mit starrem Blick auf die Tasten, als wollte er sie auch mit den Blicken bändigen, sass er da; die Hände waren in rastloser Bewegung, eine eigenartige, steigende Bewegung, storchartig.

Schon eine halbe Stunde sass er am Instrument. Monotone, chaotische Phantasieen wie das endlose Auf- und Abwogen einer kochenden, glühenden Flüssigkeit. Eine dumpfe, verhaltene Leidenschaftlichkeit, die sich in wirren Selbstgesprächen verzehrte.

Fides wagte nicht, ihn zu unterbrechen. Sie konnte diesem Spiel nicht mehr folgen.

Ihre Aufmerksamkeit war in ein verwundertes Staunen übergegangen, dann hatte sie leise gelächelt. Ihr verwöhntes, geschultes Ohr konnte wohl eine Zeitlang an diesem Sturm und Drang einer naturalistischen Musikbegabung ein erstauntes Gefallen finden, dann aber ermüdete sie. Die Formlosigkeit dieser wild durch einandertaumelnden, schlüpfenden und kriechenden Tonfiguren, und das gleichmässige Forte heftiger, böser Akkorde, die grollten und schalten und um sich bissen, tat ihr weh. Aber sie mochte ihn nicht stören, ihn nicht kränken. Es war das erste Mal, dass er sich unaufgefordert an den Flügel gesetzt hatte und seine Versicherung, er könne nicht spielen, Lügen strafte. Er hatte sich bisher immer nur begnügt, ihr zuzuhören, im Schaukelstuhl liegend, die Beine lang von sich gestreckt, und mit geschlossenen Augen sich gegen die Aussenwelt absperrend.

Fides stand jetzt leise auf, stellte den Stickrahmen beiseite und trat in die Veranda hinaus. Sofort hörte er auf. Er hatte ihren Schatten durchs Zimmer gleiten sehen. Er fühlte es, dass sie ging, fühlte es körperlich.

Fides wollte die Stufen in den Garten hinuntergehen, als sie ihn hinter sich hörte. Sie wandte sich um, mit lächelndem, fragenden Blick.

„Sie spotten," sagte er, „ich habe Sie gequält mit meinem Unsinn."

„Sie spielen also doch," sagte sie ausweichend.
Er lachte gutmütig, etwas verlegen.

„Nicht der Rede wert, gnädigste Komtesse.
Was haben Sie nur von mir gedacht. Aber
ich finde nie ein Ende, verliere mich so leicht."

„In alle Tiefen," scherzte sie.

Sie gingen in den Garten hinab. Sie standen
vor den Rosen, und Fides bog einen vollen Zweig
zu sich herab und sog den süssen Duft ein.
Die Zweige schmiegten sich ihr an Stirn und
Wangen, legten sich mit üppigen gelben Kelchen
und zarten schimmernden Knospen auf das helle
Gold ihres blonden Scheitels, das in der Sonne
einen rötlichen Glanz annahm und ihn an das
Familienporträt im Speisesaal erinnerte. Dasselbe rote Goldblond, derselbe weisse durch-
sichtige Teint, der doch nichts Krankhaftes hatte.
Nur ernster, stolzer war das Gesicht der Mutter;
etwas nordisch Strenges war in den Zügen der
dänischen Baronin, die dem Grafen eine Tochter
schenkte und starb.

In dieser schlanken Mädchengestalt vor ihm
war das Strenge und Stolze durch die Anmut
der Jugend gemildert. Wie entzückend sah sie
in dem leichten, hellblauen Kleid aus. Der
Ärmel war leicht zurückgefallen, als sie die
Hand nach den Rosen ausstreckte, und der
weisse Sammet ihres bei aller Fülle doch schlanken
Armes leuchtete mit warmem, matten Glanz.

Fides bat ihn, ihren Gartenhut zu holen. Ob sie nicht einen Spaziergang machen wollten.

Er ging, den Hut zu holen, der auf dem Esstisch lag. Er zögerte drinnen einen Augenblick und verschlang vom Fenster aus ihre Gestalt mit den Blicken.

In der Veranda fand er seine Mütze, eine schon etwas mitgenommene, einst weisse Strandmütze. Er befestigte das schmale lederne Sturmband unterm Kinn, obgleich das schönste Wetter war und nur ein ganz schwaches Lüftchen wehte.

„Warum tragen Sie eigentlich immer dieses Sturmband?“ fragte sie. „Ich finde es hässlich.“

„O,“ sagte er leicht errötend. „Mögen Sie es nicht? Ich finde, es sieht so — männlich aus.“

Er fand nicht gleich einen andern Ausdruck. Sie lachte.

„Was ist denn da männliches dabei?“

„Das hat mir als Kind schon immer so imponiert,“ erklärte er. „Bei den Kapitänen und nachher bei den Militärs. Ich denke dabei immer an einen Mann im Sturm. Es ist gleichsam, als sässe nun mit der Mütze auch der Kopf fester. So, nun kommt her, ich biete euch die Stirn!“

Sie lachte wieder.

„Fürchten Sie, so leicht den Kopf zu verlieren?“

„Aber im Sturm.“

„Aber es weht ja gar nicht.“

„Das macht ja nichts.“

„Aber es sieht so komisch aus, jetzt bei Sonnenschein und ruhigem Wetter. Und ich mag nichts am Manne, was nach Affektation aussieht.“

„So dürfen Sie es nicht nennen,“ verteidigte er sich, obgleich er sich getroffen fühlte.

Es war wirklich ein wenig der Wunsch gewesen, ihr zu imponieren, der ihm das Band unters Kinn gezogen hatte.

„Sehen Sie, es steckt ein Seemann in mir, und der macht sich in so kleinen Äusserlichkeiten Luft. Der unterdrückte Seemann in mir.“

Sie sah ihn von der Seite an. Er hatte wirklich nichts Seemännisches, wie er so neben ihr herstieg; diese eckige, hagere, hohe Figur, und das Pincenez!

Aber er erzählte ihr, dass es sein grösster Wunsch gewesen wäre, zur See zu gehen, Kapitän zu werden, aber dass ihn die Umstände, vor allem seine Kurzsichtigkeit, auf eine andere Bahn gedrängt hätten.

„Ein bebrillter Seemann, wie lächerlich!“ rief er aus.

Aber dann entwarf er ein glänzendes Bild von dem Leben eines Seemannes, von seiner Freiheit, seinem Mut, seinem Heldentum, und er berauschte sich an seinen grossen Worten.

„Sie, als Aristokratin, müssen mir das nach-
empfinden können, Komtesse,“ eiferte er. „Gibt
es einen aristokratischeren Beruf als den des
Kapitäns.“

Ihre Augen leuchteten ihn an. War das
in ihm? Er hatte bisher keinen heldenhaften
Eindruck auf sie gemacht. Jetzt sprach er wie
ein alter Wikinger von Sturm und Kampf, und
sie hörte aus dem Klang seiner Stimme den
Ton echter Leidenschaft und Sehnsucht.

Er hatte das Sturmband nicht gelöst. Sie
freute sich darüber. Er war wenigstens nicht
eitel. Und er hatte Charakter, liess sich seine
kleinen Eigenheiten und Liebhabereien nicht einfach von einer absprechenden Kritik wegblasen.

Und wie er so neben ihr ging, das scharfe
Profil mit der etwas langen, geraden Nase und
dem runden festen Kinn halb von dem Mützen-
schirm beschattet, die breiten knochigen Schultern
etwas hinaufgezogen, als stemmten sie sich
gegen eine unsichtbare Last, fand sie auf einmal, dass er doch männlicher aussehe, als wie
er ihr bisher vorgekommen war. Sie konnte
sich ihn trotz der Brille recht gut auf der
Kommandobrücke denken, den Südwester auf,
oder die goldbordierte Mütze des Kommandeurs,
natürlich mit dem Sturmband unterm Kinn.

Aber was daran so aristokratisch wäre,
fragte sie.

„Vor allem die Exklusivität seiner Stellung, seine absolute Souveränität. Er ist Herr über Leben und Tod. Alle Verantwortung trägt er allein. Welch ein Gefühl für einen Mann! Welch ein Kraft- und Machtbewusstsein, welch ein Lebensbewusstsein! Und nehmen Sie dazu das Meer. Im Sturm! Der Kampf der Elemente! Er zittert nicht, er beherrscht das Meer, er fürchtet es nicht. Und wenn er unterliegt in diesem Kampf, wie weiss er zu sterben. Ein Held. Bis zum letzten Atemzug auf seinem Posten. Sehen Sie, das ist der Mann in seiner ganzen Männlichkeit, in seiner Grösse, der heldische Mann, die aristokratische Natur!"

Sie lächelte über seinen Eifer, aber sie hörte ihm aufmerksam zu und streifte ihn wieder mit einem bewundernden Blick.

Aber er hatte ihr Lächeln bemerkt und lachte nun auch, lachte laut und gutmütig.

Da war er mal wieder in Feuer gekommen! Aber er hatte doch recht, und er wollte es von ihr bestätigt haben. Und sie sagte: „Ja, ja. Sie wissen das so wunderhübsch zu sagen. Man wird ganz warm dabei. Es ist wie ein Gedicht. Es ist wirklich schade, dass Sie kein Seemann geworden sind."

Sie hatten den Park verlassen und gingen auf dem schmalen Fusssteig durchs Roggenfeld. Die See wurde sichtbar. Ein Segel schien an

dem Horizont festgeklebt. Die See glitzerte
und flimmerte, das Segel leuchtete. Ein Paar
Möwen kreisten bis übers Feld.

Randers, der jetzt hinter Fides ging, rupfte
eine Ähre nach der andern und zerpflückte
sie.

Und dann fing er wieder von der See an, von
der Nordsee.

„Was meinen Sie zu einem Blockhaus an
der See, in den Dünen, oder oben in den norwegischen Schären?"

„Was Sie für Einfälle haben. Warum gerade
ein Blockhaus?"

„Weil es sich der Natur anschmiegen muss.
Einsam, versteckt, grau in grauer Wildnis. Aber
innen muss es natürlich behaglich sein."

„Kienruss und Tran, und gedörrte Fische
an den Wänden," spottete sie.

Er lachte.

„Warum nicht auch so? Aber ich dachte
es mir doch anders. Comfortable. Mit Teppichen.
Und ein Bechstein darf nicht fehlen. Und Sie
spielen Chopin."

„Ich?"

„Ja, wäre das nicht schön? So ganz welt-
fern, nur die Einsamkeit, die Natur. Musik,
Bücher —"

„Sie sind ja der reinste Romantiker," unterbrach sie ihn.

6*

„Aber denken Sie sich mal da hinein. Diese wundersamen Spaziergänge in den Dünen, am Abendstrand.“

„Und wenn wir heimkommen, schälen wir gemeinschaftlich Kartoffel, rösten einen Seehund am Spiess und kochen Tee.“

„Sie spotten wieder.“

Er war wirklich etwas gereizt.

Sie lachte hell heraus.

„Das empfinden Sie nun als Spott, wenn ich praktisch an das Nötigste denke. Sie wären imstande, ein Haus ohne Speisekammer zu bauen.“

„Die soll ja auch da sein.“

„Dann hört sich’s schon anders an. Also nicht nur Musik und Sentiments. Ja, ich will es mir doch überlegen. Es wäre mal etwas anderes. Am Ende fänden sich noch welche, die sich anschlössen.“

„Um Gottes Willen! Keinen dritten! Das ist ja gerade die Hauptsache, nur zu zweien.“

„Nur wir beide?“

Er sagte nicht ja. Er lachte nur. Welcher Einfall, ihr das alles zu sagen. Und empfindlich zu sein, dass sie es nicht ernst nahm!

5.

Randers überlegte, ob es nicht besser wäre, er reiste ab. Wollte er warten, bis er sich wirklich in sie verliebt hatte? Heiraten konnte er sie doch nicht.

Er würde sie auch nicht heiraten, selbst wenn er sicher wäre, keinen Korb zu bekommen. Er hatte seinen Stolz, und er hatte seine ganz besonderen Ansichten über Mesalliancen. Er hatte Grundsätze, die eine Ehe mit ihr ausschlossen.

Also nur ihr nachlaufen, wie ein verliebter Gymnasiast? Er dankte.

Vorläufig war das ja auch noch keine Liebe, nur ästhetisches Gefallen, Hochachtung und alles andere. Aber die Gefahr hatte um die Ecke gesehen.

Gestern, zwischen den Ähren, als sie vor ihm herging, ganz in Sonne getaucht, von Zeit zu Zeit den Kopf nach ihm wendend, dass er den warmen, leuchtenden Sammet ihrer weichen Wangen sah, die graziöse Biegung des Halses — er hatte eine Ähre nach der andern gerupft und die Körner durch die Finger gleiten lassen, um die Regung zu unterdrücken.

Ja, er wollte weg. Die ganze Geschichte hatte keinen Zweck.

Aber in ein paar Tagen sollte die Jagd eröffnet werden, der Graf hatte ihn dazu eingeladen, und er hatte sich so darauf gefreut.

„Kindisch," wie er zu Fides gesagt hatte. Wenn er nun so plötzlich abreiste, welchen Grund sollte er angeben? Nun, hundert Gründe. Da gab es allerlei, was ihn abrufen konnte. Aber vielleicht sah es doch nach Flucht aus, oder nach Gleichgültigkeit. Also noch ein paar Tage, ein paar Jagdtage. Dann aber weg von hier!

Er hatte nun doch ernstlich Sehnsucht nach der Nordsee. Dies alles lag ja so gar nicht in seinem Plan. Ein paar Wochen hatte er schon in Grashof verloren.

Und schliesslich musste sie doch denken, es sei nur ihretwegen. Denn war es nicht Wahnsinn, sich ohne vernünftigen Grund in diesen Krug einzupferchen?

———

6.

Im Schloss war Besuch angekommen. Randers hörte es unterwegs von den Leuten auf dem Felde. Besuch in einem Segelboot.

Ob er hinginge? Er war doch neugierig. Besuch, der in einem Segelboot kam. Das war doch interessant. Er interessierte sich so für

das Segeln. Und wer mag das sein, der hier
ein Segelboot hat.

Er traf nur Fides im Salon und eine fremde
Dame, eine kleine, lebhafte, unscheinbare Person
mit vollen Formen, ganz hübchen, braunen Augen
und einem etwas groben und lebhaften Teint.

„Sieht die gesund aus," dachte er.

„Fräulein Krüger," stellte Fides vor.

Also nichts Adeliges.

Eine leise Enttäuschung.

Das Fräulein sah ihn mit unverhohlener
Neugier an. Er las deutlich aus ihren Blicken:
„Also das ist er?"

„Ich habe Fräulein Krüger von Ihnen erzählt," sagte Fides gleich.

Randers verbeugte sich.

„Sie halten sich zu Ihrer Gesundheit hier auf,
Herr Doktor?" fragte das Fräulein.

„Das nicht gerade."

„Ich meinte das."

Sie sah Fides fragend an.

„Allerdings," sagte er schnell. Wenn Fides
so gesagt hatte, wollte er nicht anders sagen.
„Ich reise überhaupt zu meiner Erholung oder
Zerstreuung, was ja oft dasselbe ist."

„Der Herr Doktor schwärmt für die See,"
sagte Fides.

„Die haben Sie ja erster Hand hier," meinte
das Fräulein.

Wie gewöhnlich sie sich ausdrückt, dachte Randers. Und ihre Stimme klingt wie eine verrostete Schiffsglocke.

„Sie sind mit dem Segelboot gekommen, gnädiges Fräulein?"

„Ja, haben Sie es gesehen?"

„Ich hörte es von den Leuten. Mit Ihrem Herrn Gemahl?"

„Mein Bruder."

Beide Damen unterdrückten mühsam ein Lächeln. Er nannte sie Fräulein und fragte nach ihrem Herrn Gemahl.

„Ach so! Pardon," entschuldigte er sich und wurde über und über rot.

„Der Herr Doktor ist ein grosser Seemann," sagte Fides. „Es ist ein Kapitän an ihm verloren gegangen."

War das Spott?

Er lächelte etwas gezwungen.

„Da werden Sie sich gewiss unsre Jacht ansehen; sie ist ganz neu, ein ausgezeichnetes Seeboot," sagte die Schiffsglocke.

„Wenn Sie erlauben, es würde mich sehr interessieren."

„Vielleicht machen Sie mal eine Fahrt mit Herrn Krüger?" fragte Fides. „Er würde sich gewiss freuen, er ist so stolz auf seine Jacht und hört sie gerne loben."

„Ja, das ist seine schwache Seite," bekräftigte
das Fräulein.

„Ich wollte eigentlich morgen abreisen,"
sagte Randers. Er war durchaus noch nicht entschlossen, aber es kam plötzlich über ihn, er musste
es sagen, er wollte sehen, wie sie es aufnähme.

„So plötzlich?" rief Fides. Sie schien
ernstlich überrascht.

„Aber warum so schnell? Gefällt es Ihnen
nicht mehr bei uns? Ich meinte, Sie wollten
die Jagd mitmachen?"

„Ja so, daran dachte ich nicht," sagte er.

„Sehen Sie," rief sie triumphierend.

Es lag ihr also an seinem Bleiben. Und
sie machte daraus kein Hehl, selbst in der
Gegenwart der Fremden.

„Papa hat übrigens Ihr Wort," sagte Fides.

„Dann freilich."

Nachher besahen sie alle zusammen die
Jacht. Randers bewunderte den jungen Gutsbesitzer, einen grossen schönen Mann, schlank,
muskulös, mit gutmütigem, wettergebräunten
Gesicht. Er sah ganz aus wie ein Seemann.
Ein buschiger, dunkelblonder Schnurrbart ver-
deckte etwas das einzig Unschöne in diesem
Gesicht, den grossen Mund. Der junge Mann
lachte oft und laut, wie seine Schwester, und
dann zeigte er zwei prächtige Reihen weisser,
fester Zähne.

Der kann ein Segeltau durchbeissen, dachte Randers. Jedesmal, wenn der junge Mann lachte, kam ihm die Vorstellung:

„Er kann ein Segeltau durchbeissen."

„Was meinen Sie?" fragte Fides.

Randers erschrak und wurde rot.

Hatte er es denn laut gesagt?

„Ich meine, ob man wohl ein Segeltau durchbeissen kann."

Sie sah ihn erstaunt an, lachte kurz auf und sagte:

„Was Sie für sonderbare Einfälle haben."

Die Jacht war wirklich sehr hübsch. Sie war ganz weiss angestrichen, hatte eine kleine Kajüte an Bord, trug am Mast einen langen, rotseidenen Wimpel. Am Spiegel stand mit goldenen Buchstaben: Seeschwalbe.

„Ein hübscher Name," sagte Randers.

„Es ist das schnellste Boot hier herum," erklärte Herr Krüger. „Es läuft seine zwölf bis dreizehn Meilen in der Stunde."

Er sprach hauptsächlich zu Randers und schien ihn für einen grossen Kenner zu halten. Randers musste sehr vorsichtig sein, wenn er sich nicht blossstellen wollte.

Einmal wollte er sagen: „Ich verstehe so viel nicht davon." Und er hätte es auch gesagt, wenn Fides nicht dabei gewesen. Aber jetzt sagte er es nicht, sondern nickte nur

immer mit dem Kopf, wenn der andre wieder
einen technischen Ausdruck gebrauchte, den er
nicht verstand.

Sie hatten beide gleiche Mützen auf, weisse
Schirmmützen, und sie hatten beide das Sturmband unterm Kinn.

Ob Fides darauf achtete?

Der Graf fragte Randers, was er in den
letzten beiden Tagen getrieben hätte, er hätte
sich ja gar nicht sehen lassen. Ja, was hatte
er getrieben? Er hatte einige Stunden am
Strand gelegen und auf die See hinausgeträumt
und war ein paar Stunden spazieren gelaufen

„Bis nach Grossenbrode.“

„Da hätten Sie ja gleich zu uns herüber
kommen können,“ meinte Fräulein Krüger
„Waren Sie schon auf Fehmarn?“

„Nein.“

„Aber kommen Sie doch mal,“ lud der junge
Mann ein. „Ich bringe Sie mit dem Boot zurück. Ich hole Sie auch ab.“

„Sie sollten das tun,“ redete der Graf zu
„Sie lernen zugleich im Sassnitzer Gut eine
Musterwirtschaft kennen.“

Herr Krüger lachte gutmütig, halb ge-
schmeichelt, halb bescheiden abweisend.

„Lassen Sie gut sein, lieber Krüger. Alles
was recht ist. Durchaus musterhaft,“ sagte
der Graf.

Also ein Mustermensch, dachte Randers, und ein hübscher Kerl. Was hat er für Zähne! Und obendrein hat er eine Jacht!

Randers bekam mit einmal Lust, ihm ein Schiffstau zwischen die Zähne zu schieben. Was er wohl für ein Gesicht machen würde?

Randers musste lachen.

Der Einfall war zu albern, aber er konnte ihn nicht wieder los werden. Er musste immer an das Gesicht des jungen Mannes denken, wenn er ihm ein Schiffstau zwischen die Zähne schieben würde. Er durfte ihn zuletzt gar nicht mehr ansehen.

Als die Gesellschaft sich wieder ins Schloss begab, empfahl Randers sich. Die Geschwister lachten ihm zu viel. Und er mochte keine Mustermenschen leiden.

Niemand bat ihn zu bleiben, auch Fides nicht. Er war also überflüssig. Mochten sie unter sich bleiben!

<hr>

7.

Als die Jacht zwei Stunden später gegen den Wind weit in die See hinauslief, lag Randers am Strand und sah ihr nach.

Es war eine stramme Nordostbrise, die auf das Segel drückte. Wie ein Pfeil schoss das weisse Fahrzeug durch die Wellen. Es leuchtete auf dem tiefen Blau des Wassers. Wenn Randers die Augen zusammenkniff, machte es ihm den Eindruck eines grossen, weissen Vogels, der dicht über die Wellen hin pfeilte. Die Jacht lag ganz nach rechts.

Wenn sie umschlüge?

Ob sie schwimmen könnten?

Bei diesem Wellengang würde es ihnen nichts nützen und in dieser Entfernung. Der junge Mann war sicher ein guter Schwimmer, aber es würde ihm nichts nützen, er würde hinunter müssen.

„Dann kann er Fides nicht heiraten."

Randers sagte das ganz laut.

Er verfolgte jede Bewegung der Jacht.

Jetzt legten sie um.

„Brillant!" rief er und richtete sich halb auf.

Wie ein Pfeil schoss die Seeschwalbe wieder auf die Rosenhagener Ufer zu.

Da sass er nun am Steuerruder, lachte und zeigte die grossen, weissen Zähne. Lachte vielleicht über ihn, über eine Bemerkung der rostigen Schiffsglocke über ihn. Vielleicht sprachen sie auch über Fides. Sie waren sehr vertraut mit Fides gewesen, kamen gewiss oft von Sassnitz herüber. Übrigens kein übler Geschmack von dem jungen Mann.

Aber zum Teufel! Was waren das für Gedanken? War er denn eifersüchtig? Wollte er, Henning Randers, denn Fides Bruckner heiraten?

Und dann, wie lächerlich! Die schönen Zähne und die Musterwirtschaft machten den jungen Mann noch nicht ebenbürtig.

Komtesse Fides Bruckner und Herr Krüger, Gutsbesitzer auf Fehmarn.

Die Jacht lief jetzt wieder seewärts. Randers kletterte die steile Uferhöhe hinan. Er wollte dem Musterwirt nicht länger nachgaffen.

„Morgen gehst du. Das ist ja alles Unsinn!" sagte er laut.

Er war an ein grosses Brachfeld gekommen, ging quer hinüber, kletterte über ein Hecktor und verfolgte einen schmalen Fusssteig längs einer Weide, wo ein paar Kätnerkühe lagen und wiederkäuten. Wie dumm die Tiere glotzten.

Er stellte sich vor sie, glotzte sie wieder an und ahmte ihr Kauen nach.

Sie liessen sich nicht irre machen, kauten und bewegten die Ohren.

„Glückliches Rind," sagte Randers laut. „Ewiger Gleichmut, satte Zufriedenheit."

Aus dem Knick sprang ein kleiner, barfüssiger Bengel, den das laute Sprechen anlockte.

„Sind dat din Köh?" fragte Randers.

„Nee."

„Hört de to 'n Haf?“

„Nee.“

„Wen hört se denn?“

„Peemöller sin.“

„Wat deihst du hier denn?“

Der Junge wandte sich verlegen ab.

„Muggst du woll gern 'n Groschen hebben?“

Das Gesicht des Kleinen strahlte, aber er schwieg.

Randers schenkte ihm ein Zehnpfennigstück und ging weiter.

Als er auf die Landstrasse hinaus kam, zögerte er.

Das Dach des Rixdorfer Herrenhauses leuchtete in der Abendsonne zwischen den hohen Parkbäumen herüber.

Er fühlte ein Verlangen nach Fides, ein eifersüchtiges Verlangen, mit ihr über die Sassnitzer zu sprechen.

Aber es gab keinen Vorwand, der einen zweiten Besuch an diesem Tage entschuldigt hätte.

Er ging in den Krug, trank einen Schnaps und setzte sich in die kleine Laube hinter dem Hause.

Es roch hier nach dem Schweinestall, und die Hühner kamen und bettelten.

Sch, sch, jagte er sie.

Sie blieben in einiger Entfernung stehen, auf einem Bein, drehten die Hälse und blinzelten ihn an.

Aber er hatte nichts für sie übrig. Er
kritzelte in sein Tagebuch.

———

8.

Ein paar warme, weiche Regentage kamen,
und Randers war in bester Laune. Es war,
als hätte ihm nur dieser Regen gefehlt.

Der Himmel war gleichmässig bewölkt, alles
Laub feucht und glänzend. Beständig tröpfelte
es von den Bäumen, von den Hecken, hing in
tausend blitzenden Perlen an den Gräsern, an
den Ähren, die noch ungeschnitten auf den
Feldern standen, und an den Ähren, die schon
in Garben zusammengehockt waren. Und die
Rosen im Park wussten nicht, wohin mit all dem
Nass, neigten sich und liessen es in grossen,
schweren Tropfen auf die schwarzen Beete
fallen. Und von dem vorspringenden Dach der
Veranda tröpfelte es in ungleichem Rhythmus
auf die Steinstufen 'der Gartentreppe, gluckste
in der Regentraufe und plätscherte aus der
Traufe in die grosse Tonne.

Randers hatte seinen Stuhl dicht an die
Treppe gerückt, sass vornüber gebeugt, die
Hände zwischen den Knieen gefaltet, und trank
diese weiche Regenmusik mit entzücktem Ohr.

Er war ganz glücklich in einer sanften, zu-
friedenen, dankbaren Stimmung.

Er war nun schon zwei Tage im Schloss.
Sie hatten ihn bei diesem Wetter durchaus
nicht in seiner armseligen Behausung lassen
wollen. Er hatte endlich die Einladung wenigstens
für einen Tag angenommen und war dann doch für
die Nacht geblieben. Und welch eine Nacht.

Er hatte sie halb am offenen Fenster ver-
träumt, voll von den Gesprächen des Abends,
voll von den Glockenlauten ihrer Stimme und
erhellt von dem Lichte ihrer Augen.

Sie hatten über die Krügers gesprochen,
über den Segelsport, und er war wieder in
seine nautische Schwärmerei verfallen und war
wieder auf seine Kapitänsaristokratie im besonderen und auf den Adel im allgemeinen gekommen. Er hatte eine Lanze gebrochen für
die Geschlechter gegen die plebejische Masse,
gegen diesen Mischmasch der Allzuvielen, ohne
Tradition, ohne Erziehung, ohne Kultur. Er
war heftig und ungerecht geworden, so dass
sie ihm wiedersprachen. Warum er aristo-
kratischer als sie selbst sein wolle?

Der Graf hatte dem Geistesadel seine Re-
verenz gemacht. Nur der Geldadel kam bei
ihnen allen gleich schlecht weg. Randers aber
kam hartnäckig immer wieder auf den Geburts-
adel zurück.

„Da ist die lange Tradition, die Zucht von
Geschlechtern her, da sind die feinsten, höchsten
Kräfte der Familie, des Stammes, der Rasse bis
zur Blüte getrieben."

„Bis zur Überkultur!" warf der Graf ironisch
ein.

Aber Randers liess sich nicht irre machen.

„Da ist Harmonie nach innen und aussen,"
fuhr er fort. „Die Ruhe, die vornehme Sicherheit, die Standesbewusstsein, Machtbewusstsein
und Besitz verleihen. Mit einem Wort Kultur.
Und der Adel sollte diese seine höchsten Güter
nicht preisgeben, seine Exklusivität bewahren.
Da darf sich nichts eindrängen, was nicht
hineingehört, nichts Fremdes, Zerstörendes,
Nivellierendes."

„Sie plaidieren für standesgemässe Ver-
bindung," warf Fides etwas spöttisch ein.

Ihr Spott kränkte und reizte ihn.

„Ja," sagte er.

„Auch bis zur letzten Konsequenz?"

„Ja, wie so?"

„Sie würden selbst unter keinen Umständen
eine Aristokratin heiraten?"

„Nein."

Randers erinnerte sich nicht genau mehr
aller Worte, aber es war sehr beredt gewesen,
schroff und unerbittlich. Es war ihm jetzt
ganz leicht ums Herz. Er hatte nun einen

Schutzwall aufgerichtet zwischen sich und ihr; sie wusste jetzt, wie sie mit ihm daran war, dass er sich durchaus nicht mit lächerlichen Absichten und überhebenden Hoffnungen trug. Jetzt konnte er ihr auch ruhig sagen, dass sie Fjordaugen habe und die Stimme einer norwegischen Hirtin.

Und er sagte es ihr, sich halb nach ihr umwendend, ganz unvermittelt.

„Ich habe alle diese Zeit darüber nachgedacht. Sie haben Fjordaugen, Komtesse."

Fides sass mit ihrer Handarbeit neben ihm, ein wenig zurück, um von den Tropfen, die von dem Verandadach fielen, nicht bespritzt zu werden.

„Fjordaugen?" fragte sie und lachte. „Was ist nun das wieder?"

„Sie waren nie in Norwegen?"

„Nein."

„Dann kennen Sie auch nicht diesen wunderbaren Wasserspiegel zwischen den Schären. Klar und blank, und blau, als läge der Himmel zu ihren Füssen, und doch von einer Tiefe, von einer dunklen, schwarzen Tiefe, die wundersame, beängstigende Geheimnisse zu bergen scheint. Und über dieser Tiefe das goldige, grüngoldige Flimmern der Sonne, und in diesem Spiegel die Felsen, die Wälder, die Wolken. Und mitten dazwischen ein kleines Boot, das

7*

sich wiegt, wie zwischen zwei Himmeln. Und dann die Stille, die grosse feierliche Stille umher. Ich kann es Ihnen nicht so sagen, wie es ist."

„Und das alles finden Sie in meinen Augen?"

Sie lächelte und sie errötete.

„Und in Ihrer Stimme," sagte er.

„Das wird immer wunderlicher. Was Sie für Einfälle haben."

Randers lachte. Sein gutmütiges, überlegenes Lachen.

Dann nach einer Pause:

„Ich habe einmal ähnliche Augen gesehen.

Also doch, dachte Fides.

„Die erinnerten mich an die Kirche von Drontheim."

„Also Kirchenaugen," lachte sie.

„Ja, Kirchenaugen."

Der Ausdruck gefiel ihm.

„Haben Sie die Dolgorucki gehört?" fragte er.

„Die Dolgorucki? Die — (sie suchte nach einem Ausdruck) die Musikantin? Nein, ich hatte nicht die Ehre."

„Warum sprechen Sie so verächtlich von ihr?"

„Nun, ich bitte!"

Er runzelte die Stirn und sah auf seine Stiefelspitzen.

„Warum verurteilen Sie sie? Hat es nicht
etwas Imponierendes, dieses stolze Sichhinweg-
setzen über Familie und Gesellschaft, über alle
Vorurteile ihres Standes und ihrer Geburt?
Nur der Kunst zu Liebe. Liegt darin nicht
auch wieder etwas echt Aristokratisches?“

„Sie scheinen diesen Begriff sehr weit zu
dehnen,“ sagte sie.

„Sie vergessen die Künstlerin.“

„Wenn es nur das wäre.“

„Etwas Trotz, abenteuerlicher Sinn —“

„Also.“

Eine lange Pause entstand. Er fühlte, dass
sich das alles nicht so ganz mit seinen
gestrigen Auseinandersetzungen vereinigte.

„Sie vergessen die Künstlerin,“ wiederholte er.

Sie lächelte über seine Hartnäckigkeit.

„Und diese Künstlerin hatte die Kirchenaugen?“ fragte sie.

„Ich konnte diese Augen nicht sehen, ohne
an die Kirche von Drontheim zu denken. Das
heisst, nur wenn die Fürstin spielte. Dann
war ein wunderbares, geniales Feuer in diesen
Augen; sie waren ganz leuchtend blau, und ich
hatte denselben Eindruck wie bei meinem ersten
Eintritt in diese Kirche, die ganz aus bläulichem
Stein erbaut ist. Die blauen Pfeiler, die blaue
Wölbung, es ist, als ob Sie den Himmel sehen.“

„Mir scheint, es steckt ein Dichter in Ihnen. Ich habe Sie in Verdacht, Verse zu machen,“ sagte Fides.

———

9.

Es war der dritte Regentag. Aber es regnete nicht mehr so anhaltend. Nur hin und wieder fielen kurze Regenschauer. Aber es war kühl und windig, und zerrissene Wolkenfetzen jagten am Himmel hin, wie Flüchtlinge eines zersprengten Heeres.

„Was ist das Leben? All dieses Leben nach aussen hin, welche Befriedigung gewährt es zuletzt?“ sagte Randers. „Ist nicht alles so verzweifelt farblos, öde, wenn wir nicht etwas Farbe hinzutun — aus unsern innern Farbtöpfen, etwas Goldschaum dran wenden, einen bunten Schleier darüber decken?“

Fides sass am Flügel, die Hände in dem Schoss, mit dem Rücken gegen das Instrument.

„Die Philosophie eines Träumers, die nur Traumfrüchte pflücken wird. Wie wollen Sie sich ein Leben zimmern, ein Haus bauen? In Luftschlössern kann man doch nicht wohnen.“

„Oho, gewiss kann man das! Leben wir nicht alle in Luftschlössern? Unser eigenstes, höchstes und feinstes Leben —“

„Ich bin praktischer," unterbrach sie ihn lachend, „ich halte es mit der Wirklichkeit. Ich lobe mir die Realitäten. Wünsche und Träume haben wir ja alle. Aber wir suchen und wollen doch ihre Verwirklichung."

„Wenn sie sich aber nicht verwirklichen lassen?"

„Dann resigniert man eben."

„Oder begnügt sich mit dem Traum der, Erfüllung."

„Das versteh ich nicht."

„Was Sie nicht in der Wirklichkeit besitzen können Sie doch im Traum besitzen, in der Einbildung."

„Um nachher doppelt enttäuscht zu werden?"
Er zuckte die Achseln.

„Man muss Philosoph oder Dichter sein, um leben zu können," sagte er.

„Oder Eroberer."

Er sah sie gross an.

„Wenn einem aber hierzu die Kraft fehlt?"

„Dann muss man nicht auf Eroberungen ausgehen und sich an der Philosophie genügen lassen."

„Also."

Eine Pause, die sie mit ein paar Läufen ausfüllte.

„Im Besitz liegt das Glück doch nicht," stiess er hervor.

„Aber man will doch schliesslich besitzen.“

„Glück ist Sehnsucht, Erfüllung ist Tod.“

„Ist das von Ihnen?“

„Wie so?“

„Das klingt wie aus einem Gedicht.“

„Wie ist es zum Beispiel mit der Liebe?“ rief er, warm geworden und auf ihre Bemerkung nicht eingehend.

„Sie meinen, die hört mit dem Besitz auf?“ fragte sie.

„Ja.“

„Sprechen Sie aus Erfahrung?“

Sie lachte ein wenig spöttisch und überlegen, als wüsste sie das besser. Und er lachte auch. Was sollte er darauf antworten?

„Ausnahmen gebe ich ja zu,“ sagte er.

„Also doch.“

„Die Liebe kennt überhaupt keine Regeln, sie kennt nur Ausnahmen.“

„Also Streit um des Kaisers Bart.“

„Sie haben recht. Spielen Sie mir lieber noch etwas Chopin. Oder den Totentanz.“

„Ihr ewiger Totentanz.“

Sie präludierte ein paar kurze Takte und spielte Webers „Aufforderung zum Tanz“.

Er schüttelte missbilligend den Kopf.

Er liebte diese Musik nicht. Er erhob sich leise und trat in die offene Verandatür und sah in den windbewegten Park hinaus.

Ob sie es gemerkt hatte?

Sie hielt mitten im Stück auf.

„Es ist nichts,“ sagte sie. „Ich mag heute nicht spielen.“

<hr>

10.

Der nächste Tag war ein Sonntag.

Ob er mit in die Kirche wolle?

Ja.

Er sah, dass seine Bereitwilligkeit sie etwas in Erstaunen setzte, obgleich sie kein Wort darüber verlor.

Sie musste ihn natürlich für einen Freigeist halten, für einen Religionsverächter. Darüber musste er sie doch gelegentlich aufklären. Da machte sie sich ein ganz falsches Bild von ihm. Glaubte sie, er wäre aus so grobem Stoff, wie diese „aufgeklärten“ Leute, die an dem Ein-maleins und der Entdeckung der Bazillen ge-nug haben, und glauben, sie hätten jetzt den lieben Gott aus der Welt hinausgerechnet und hinausexperimentiert?

Den Weg zum Christentum freilich fände er wohl nicht wieder zurück. Aber das Gött-liche vermochte er doch nicht zu leugnen. Was ihm, dem Doktor Philosophiae Henning

Randers, ausreichte, genügte deshalb noch lange
nicht für Claus Piepenbrink. Claus musste
etwas Greifbares in die Hand bekommen, ein
Seil, woran er sich längs tasten konnte. Und
dieses Seil war die christliche Religion, dieses
Seil drehte ihm die Kirche. Und nun gar ein
Weib ohne Religion! Natürlich liebte er nicht
die Betschwestern. Aber er hasste diese „aufgeklärten,“ wissenschaftlichen, bebrillten Blau-
strümpfe.

Und das war seine innerste Ansicht von
der Sache und seine festgegründete Überzeugung,
nicht etwa eine augenblickliche, sentimentale
Wallung, veranlasst durch die Tatsache, dass
Fides die Kirche besuchte.

Er war durchaus unabhängig von Fides,
wenn er auch die Wahrheit seiner Ansichten
nie so empfunden hatte, wie jetzt, wo sie neben
ihm im Kirchenstuhl sass, mit gleichmässiger,
stiller Aufmerksamkeit der Predigt folgte und
unbekümmert um seine Anwesenheit laut und
innig die Choräle mitsang.

Sie schob ihm dabei ihr Gesangbuch etwas
zu, und er mischte schüchtern seine harte,
modulationslose Stimme in ihre tiefen Glocken.
Und es war ihm, als trüge sie ihn, wie ihre
Stimme seine Stimme trug. Als hätte sie ihn
an der Hand gefasst, als fühlte er eine treue,
sichere Hand, die ihn einen ruhigen, sonn-

täglich schönen Weg führte, dorthin, wo Friede
war und Glück und Wunschlosigkeit und Dankbarkeit, das kindliche Gefühl der Geborgenheit.
Und er sang zuletzt ganz laut und tapfer die
schlichten, innigen Verse des alten Paul
Fleming mit.

> Lass dich nur ja nichts dauern
> Mit Trauern!
> Sei stille!
> Wie Gott es fügt,
> So sei vergnügt,
> Mein Wille.
>
> Was willst du heute sorgen
> Auf morgen?
> Der Eine
> Steht allem für;
> Der gibt auch dir
> Das deine.
>
> Sei nur in allem Handeln
> Ohn Wandeln,
> Steh feste!
> Was Gott beschleusst,
> Das ist und heisst
> Das Beste.

Und als sie aufsahen und ihre Blicke sich
trafen, wunderte er sich, dass diese junge Dame
neben ihm die Komtesse Fides Bruckner war.
Ihm war, als hätte er sie schon jahrelang ge-
kannt, so nah waren sie sich durch diesen ge-

meinsamen Gesang gekommen. Es war ein
ruhiges Gefühl der Zugehörigkeit, wie zwischen
Bruder und Schwester.

Dies war der schönste Tag, der ihm seit
Jahren geschenkt worden war. Er trug nachher ihr Gesangbuch und behielt es auch während
der ganzen Rückfahrt, und er hielt es zärtlich
wie einen geliebten Gegenstand.

Das war der schönste Tag!

———

11.

Randers wollte abreisen und blieb, wollte
wieder abreisen und blieb, bis es ihm eines
Tages schwer aufs Herz fiel: Wie wirst du dich
von all diesem trennen können?

Das ist es, was du dir unter einer Ehe
denkst, dies harmonische Nebeneinander, Miteinander, ohne Verpflichtungen. Aber auf die
Dauer geht so etwas nicht ohne Standesamt.
Und das ist eine Unmöglichkeit!

Es kamen Briefe aus Hamburg, die ihn
neckten und welche, die ihn beneideten. Und
er antwortete mit ernsthaften und langen Auseinandersetzungen über die Ehe, eine Ehe, auf
die sich nur ein ganz vorurteilsloses, aristokratisches Weib einlassen würde. Er glaube
dieses Weib in Fides gefunden zu haben, aber

er dächte zu aristokratisch, um ihr eine Mesalliance zuzumuten. Und so wie sich eine wirkliche Gefahr zeige, würde er abreisen.

Und Gerdsen schrieb:

„Die Ehe, die Sie wollen, ist keine Ehe, liebster Doktor. Ich würde noch mehr Worte darüber verlieren, wenn mir irgendwie über den Ausgang Ihrer jetzigen kleinen ‚Episode‘ bange wäre. Übrigens wissen Sie, dass ich Ihre Aristokratismen nicht teile. Ein bisschen bürgerliche Auffrischung kann dem Adel nur gut sein. Aber ob Sie der sind, von dem eine Auffrischung zu erwarten ist, daran darf ich wohl in aller Freundschaft zweifeln.

Ich wünsche Ihnen ein gesundes Verhältnis mit einem Bauernmädel. Ich würde Sie gerne auf lange Zeit in irgend eine ländliche, urbäuerliche Einsamkeit verbannen, oder meinetwegen zwischen Ihre geliebten norwegischen Schären, damit die Natur Sie einmal derb beim Wickel nähme und Ihre ganze platonische Phantasieerotik mit kräftigem Besen auskehrte.

Nichts für ungut. Aber ich musste es mai sagen, obgleich es nichts nützt. Sie müssen nun so verbraucht werden.“

„Sie haben recht,“ schrieb Randers zurück. „Es ist alles Unsinn! Ich werde überhaupt nicht heiraten.“

12

„Was haben Sie denn da?" fragte Fides, als Randers mit einigen beschriebenen Blättern in der Hand eintrat, froh, Fides allein zu finden.

„Sie haben mich neulich mit meinem Blockhaus ausgelacht," sagte er. „Hier ist es."

„Das da?"

„Ja, ich habe es heute Nacht aufgezimmert, und ich bin neugierig, wie es Ihnen gefallen wird."

„Da bin ich doch auch neugierig."

„Ich finde es übrigens gar nicht hübsch von Ihnen," setzte sie scherzend hinzu, „dass Sie immer noch an Ihrem Blockhaus festhalten. Es gefällt Ihnen hier bei uns also nicht so gut, dass Sie es vergessen könnten."

„Oh," sagte er betroffen. „Doch! ich bitte! Es ist so schön bei Ihnen. Und dann ist es ja nur eine Idee, eine fixe Idee. Es wird ja nie etwas daraus werden."

„Ich gönnte es Ihnen schon, damit Sie gründlich von Ihrer Romantik geheilt würden."

Er lachte.

Und dann bat er sie, in sein Blockhaus einzutreten, und sie legte sich mit einem gespannten Ausdruck, halb neugierig, halb belustigt, in ihren Stuhl zurück und hörte ihm zu.

„Ein Blockhaus, halb vergraben unter den Sandwehen des Novembersturmes, in dem wilden Lister Dünengebirge.

Der Grossstadt entronnen, fallen mit mir drei phantastisch wilde Gesellen in die hellerleuchtete Hütte ein, und wir richten uns bei überfliessendem Nord- Nordgrog in der Winterwildnis ein.

Und ich bin der Herr im Hause!

Und schliesslich werfe ich sie alle hinaus. Denn ich erwarte andern Besuch. Eine Künstlerin, nicht dem Beruf nach, sondern in ihrer eigensten, inneren Natur.

Der äusseren Konvenienz fragt sie nicht nach; aber die trennende Schranke schafft sie sich durch die eigenstolze Natur.

Der Bechsteinsche Flügel steht schon bereit; unsere drei Zimmer sind mit dichten Damastdecken ausgelegt; kein Schritt ist auf den dunklen Teppichen hörbar. Mattes Ampellicht. Ich habe einen Samowar besorgt; die Behaglichkeit des dampfenden Kessels soll uns nicht fehlen.

Was werden wir lesen? Ich habe Turgenjeff verschrieben: sie erinnert in ihrer stolzen Selbstherrlichkeit an russische Frauengestalten! Und dann spielen und singen wir! Keine Miniaturlieder. Sentimentalitäten sind verbannt! Franz Schubert, einiges wenige von Schumann, die Norweger, Grieg vor allem, und dann Löwes

unvergleichliche Balladen „Herr Olaf“ und
„Edward“. Wie das wohl über die Heide
klingen wird:

Und dazu die messerscharfen, schneidenden
Akkorde der Verzweiflung, die jagende Sechzehntelfigur der Begleitung, die sich schliesslich
immer mehr verdichtet, bis sie wie zu einem
höllischen Furientanze zusammenwächst.

Das sind Lieder, wie sie der novembersturmgepeitschten Nordseewelle gemäss sind.

Wir lesen, wir spielen, wir wandern, wir
schweigen auch viel, schweigen, und ich greife
hin und wieder einen halbverlorenen phantastischen Akkord.

Der Sturmwind heult und rüttelt an den
verschlossenen Läden.

Jeweilig ist das Schweigen so sonderbar
zwischen uns, so beredt, zu beredt fast, so dass
wir zu reden beginnen.

Wie denken Sie über Rebekka West? So
hat sie ihr langes Zusammenleben mit Rosmer
doch zur Liebe geführt!

Ihre Lippen zucken verächtlich.

Dass Rebekka liebt, dass sie zu lieben vermeint, ist nichts weiter, wie das Gefühl der

Schuld, das Rosmer gegenüber auf ihr lastet!
Von dem Gefühl der früheren Gewissenlosigkeit
gepeinigt, täuscht sie sich über sich selbst. Ein
Glück, dass sie in den Mühlgraben gehen kann.
Sonst würde sie bald erkennen, dass sie ihre
eigenste, bessere Natur verloren! Und dann
ginge sie auch in den Mühlgraben.

Ihre Lippen haben wieder den strengen,
sibyllinischen Zug! Ich schweige lange!

Und ihr Lieblingsschriftsteller Jens Peter
Jakobsen!

Was sagen Sie zu Edele Lyhne?

Ich habe sie einmal mit Edele verglichen.
Sie liebt die Anspielung nicht.

Sie wissen, dass ich mir Anzüglichkeiten
verbitte. Dass der Dichter schliesslich von
Edele nichts besseres weiss, als eine Backfisch-
liebe, die sie schweigend mit sich herumgetragen,
dafür kann nicht Edele, dafür kann nur der
Dichter, nur die Männer, jämmerliche, sentimentale Schwächlinge, die ihr seid! Und nun
Sie! Was reden Sie hier von Liebe!

Und ihre Lippen begannen herbe und
spöttisch zu lächeln.

Und Sie wollen der Schönheit des Meeres
als einem Fluch anheim gefallen sein! Hat
Sie das Meer noch nicht gelehrt, schwachmütige
Sentimentalitäten als das zu betrachten, was sie
sind? Sie Ärmster Sie!

Und sie reicht mir halb bedauernd die Hand, und ich Tor schlage ein.

Und lassen Sie Ihre albernen Gedanken und kommen Sie rasch zur Düne herauf.

Wir klimmen mit Mühe gegen den Sturmwind, um uns stieben schneesturmgleich die Sandwehen. Finster leuchtet das Schwarz der ungefügen Wolkengebilde, ein mattfahler Schwefelstreifen leckt an ihnen empor; geisterhaft verschäumt die tobende Brandung. Ein verlorner Möwenschrei!

Der Sturmwind presst uns nahe aneinander; ich fühle ihre Schulter an meiner Brust. Ihre Züge sind schöner als je, aber unbeweglich, und geisterhaft weiss wie Marmorstein!

Und ihre Zähne pressen leise die Unterlippe.

Weltverschollen, in engster Nähe, und doch klüfteweit getrennt!

Und dann schreiten wir stumm hernieder.

Und das Licht brennt noch lange bei mir, während das Dunkel schon stundenlang in ihrem Zimmer wob!

Heute ist ihr Geburtstag! ich habe Rosen bestellt! Dunkelblutrot und schneeweiss. Zwei Körbe duften vor mir. Wahllos streue ich aus dem einen Korb hierhin und dorthin. Sie liebt diese verschwenderische Fülle. Den andern Korb schicke ich ihr hinauf.

Eine halbe Stunde später ist sie unten.

Sie Böser, wie gut Sie sind.

Und ihre wunderbaren Augen sprechen, und sie reicht mir beide Hände.

Wie gut Sie sind!

Und wir sitzen am Kaffeetisch. Sie sorgt mit hausmütterlichem Eifer. Sie spricht dieses und jenes und fast, als ob sie ein Gefühl der Schuld bedrücke.

Und schliesslich stützt sie ihren Kopf in die Hand und sieht mich an! und nickt mir leise zu, und dann liegt ihre Hand einen Augenblick weich auf der meinen.

Und nun, Lieber, wollen wir hinaus!

Ich habe übrigens noch eine Neuigkeit für Sie. Mein Freund kommt zu Besuch. Sie wissen, dessen Gedichte ich Ihnen neulich vorlas. Sie wollten ihn gerne kennen lernen, Jolanthe.

Sie schweigt!

Nun, was sagen Sie?

Warum ein dritter in unserm Beisammensein?

Und ihre Augen leuchten weich.

Nun, wie Sie wollen!

Und ihre Stimme klingt plötzlich hart.

Und sie wendet sich und geht, um sich zum Spaziergang fertig zu machen.

Ich weiss nicht, was sie will!

Aber nächstes Jahr überlasse ich ihr mein

Haus. Mag sie mit einem andern Freunde hausen; sie hat recht, das Meer soll mich nicht lieben lehren! Ich gehe nach Fanö! Mag sie sehen! Und ich stampfe entschlossen mit dem Fusse und greife nach der Rose, die ihrer Hand entfallen."

„Die arme Jolanthe," sagte Fides mit einem Ton spöttischen Bedauerns, als Randers schloss.

Er lachte und zuckte die Achseln.

„Hoffentlich nimmt sie Ihr Blockhaus für das nächste Jahr nicht an," sagte Fides. „Sie wird an dieser Erfahrung genug haben."

„Ja, aber er will ja eben nicht heiraten, sich nicht sentimental binden."

„Er ist eben ein Phantast," erwiderte sie mit besonderer Betonung, „der sich unmögliche Verhältnisse erträumt."

„Sagen Sie das nicht."

„Aber ich bitte Sie! Übrigens wissen Sie das wunderschön auszumalen."

„Ist es nicht schön?"

„Sie sind ein Dichter."

„Nicht doch!"

„Sie können einem ordentlich den Mund wässern machen."

„Sehen Sie!"

13.

Randers hatte Rosen auf seinem Zimmer gefunden.

Er lief durch die Felder und dachte an diese Rosen. Wie kommt sie dazu, dir Rosen zu schicken? Hat sie dich denn nicht verstanden? Glaubt sie, du meinst es nicht ernst? Du würdest nicht nach Fanö gehen und Jolanthe einem andern überlassen?

Ganz gewiss, meine Gnädigste, ich will Jolanthe nicht heiraten, und Sie nicht, und keine andere! Oder wollten Sie mir mit den Rosen Ihre Anerkennung für meine Standhaftigkeit bezeigen?

Eine Tugendrose?

Er pflückte einen grossen Feldstrauss, allerlei Gräser und letzte Sommerblumen, reifende Haselnüsse und einen Zweig fast schon schwarzer Brombeeren und brachte ihn Fides.

„Für die Rosen," sagte er.

„Wie schön! Ich danke Ihnen."

14.

(Tagebuchblätter.)

Der Doktor hat recht gehabt. Es waren nur die paar überzähligen Cognacs und Pschorrs und Kaffees. Ich fühle mich jetzt ganz wohl.

In Grashof kam es noch hin und wieder, dieser Druck auf dem Kopf, als trüge man einen Stein mit sich herum. Und die Hallucinationen und wüsten Träume.

Etwas macht auch ihre Nähe. Etwas? Vielleicht alles?

Es ist ein ganz eigenartiger Zustand, ein ganz eigenartiges Verhältnis. So ohne jede Aufregung und Abspannung und jedes quälende Begehren. In der Abwesenheit ein Gefühl stiller Freude, dass sie in der Nähe ist, in erreichbarer Nähe, eine sanfte Sehnsucht, durchaus nichts Heftiges, Treibendes. Wie man an etwas denkt, das man sicher besitzt. Und in ihrer Gegenwart ein ganz ruhiges Geniessen ihrer Wohlgestalt, ihres harmonischen Wesens, ihrer vornehmen Einfachheit. Keine Spur von Liebe. Eine Art herzlichen Freundschaftsgefühls. Freude.

Sie ist Musik für mich.

* * *

Eine Ehe auf solcher Basis. Das wäre etwas für mich. Aber es würde schliesslich gar keine rechte Ehe sein. Ich finde kein sinnliches Verhältnis zu ihr. Der Gedanke allein an diese Dinge erniedrigt sie mir schon. Ich bin zu ästhetisch für diese Art Liebe. Also auch für die Ehe.

* * *

Wenn sie spielt, ist es nicht die Musik allein, sondern das Bewusstsein, dass sie es ist, die spielt. Ich habe eigentlich gar kein Urteil über ihre Musik. Ich höre alles hinein.

Sie kann gar nicht Schumann spielen, sie ist durchaus keine Schumannnatur. Und doch bilde ich mir ein, Schumann nie so schön gehört zu haben.

Aber ich darf sie nicht ansehen dabei, ich muss die Augen schliessen. Sehe ich sie an, merke ich gleich, dass sie Schumann nur spielt.

Bei Chopin darf ich ihr schon zusehen. Da ist diese vornehme Grazie des aristokratischen Salons, die zu ihr gehört. Und nun gar Weber oder Liszt. Da sitzt sie im Sattel. Und wie reitet sie!

*   *   *

Es ist eigentlich beleidigend, dieses Vertrauen, das der Graf mir schenkt. Aber nach meiner neulichen grossen Pauke für die Aristokratie und meiner kategorischen Erklärung, dass eine Mesalliance gegen meine Grundsätze wäre, muss er mich natürlich für ungefährlich halten.

Sie können ruhig schlafen, Herr Graf.

*   *   *

Ein Zeichen, dass ich nicht verliebt bin: ich habe mit ihr über die Liebe philosophiert.

Sie benahm sich eigen dabei. Etwas spöttisch.
Sie ist zu gesund für meine Philosophie.

(Bedenkliches Postskriptum: Du machst dir
klar, dass du nicht verliebt bist. Hm!)

(PS. II. Du machst bedenkliche Bemerkungen,
folglich bist du nicht verliebt.

Der Beweis ist geglückt, was mir sehr lieb
ist, denn ich will mich nicht in sie verlieben.)

* *
*

Dass auch ich gerade diesen aristokratischen
Tick haben muss, ich, der vielmehr zu den
Bauern, zu den Fischern gehört. Ob wirklich
etwas dran ist, dass mein Urgrossvater mütter-
licherseits von Adel war, alter kurländischer
Adel? Die Sache ist sehr zweifelhaft, eine
alte Familiensage. Ohne Dokumente. Aber
vielleicht bin ich der lebendige Beweis, vielleicht
rollt ein versprengter Tropfen Adelsblut in
meinen Adern.

Dickes Bauernblut, von irgendwoher ein
paar Tropfen Künstlerblut, Zigeunerblut, und
in dieser trüben Mischung, mitgeschwemmt,
dies eine aristokratische Blutkügelchen.

Das ganze etwas mit Alkohol versetzt. Ein
famoser Lebenssaft. Ich hätte wohl Lust, mich
einmal gründlich zur Ader zu lassen.

* *
*

Traum, Schaum.
Träume sind Schäume, hier wie dort
Hört man solch überkluges Wort,
Aber dem Leben farbleuchtenden Saum
Leiht nur goldener Traum wie Schaum.

Träume sind Schäume!
O jugendlich Schäumen.
Schäume sind Träume!
O jugendlich Träumen.
Schäumendes Kräfteüberfliessen,
Träumendes Seele in Seele sich giessen.

Träume sind Schäume,
Wen sie verlassen,
Dem müsste das Leben farblos erblassen.
Nur, wem das Leben wie Schaum und Traum,
Bricht sich goldene Frucht vom Baum.

Ob ich nicht doch besser in meiner Krugkammer geblieben wäre? Nicht aus irgend welchen besonderen Gründen, sondern einzig, weil ich nicht zur Dankbarkeit verpflichtet sein mag. Und dies ist schon mehr Nassauerei!

Aber warum reise ich nicht ab?

Über den Musterwirt bin ich ja beruhigt, der ist schon halbwegs verlobt, mit einer Bürgerlichen. Ich hätte es ihr auch nie vergeben. Frau Krüger oder gar Madam Krüger. —

Ich will es nur eingestehen, ich war ganz regelrecht eifersüchtig, ohne verliebt zu sein.

Wie muss einem Liebenden erst zu Mute sein, der eifersüchtig ist.

* * *

Als sie sich die Rose in den Gürtel steckte und auf den Stuhl stieg, um sich besser im Spiegel sehen zu können.

Diese ganz entzückende Naivität, diese natürlichste, kindlichste, unschuldigste Eitelkeit!

Welche Dame steigt in der Gegenwart eines Herrn auf einen Stuhl. Sie darf es, eine wirklich vornehme Dame darf alles. —

Ich hielt ihre Hand länger als schicklich in meiner, als ich ihr herunter half. Sie wurde weder verlegen noch abweisend, sie übersah es einfach.

* * *

La rose d'amour.

An ihrem Kleid blüht eine dunkle Rose,
Entschürzt den Schoss zu wundersamem Duft,
Dass taumelnd so ihr Leben sie verkose,
Die weisse Mädchenbrust zur weichen Gruft.
O sei ihr Bild zum Bilde meinem Lose,
Dass ich, wenn gartentief der Sprosser ruft,
Von Mund zu Mund, fern jeglichem Getose,
Verküssen möge Leben, Licht und Luft.

(Wäre ich verliebt, würde ich dieses Gedicht nicht haben machen können. Obgleich es schlecht genug ist und eigentlich nur mit Liebe notdürftig entschuldigt werden könnte.)

* *
*

Gehört nicht eine gewisse Kälte des Herzens dazu, um Dichter sein zu können?

Unsinn!

Ob Leute von grosser Phantasie nicht eine gewisse mittlere Temperatur des Herzens haben, nur soviel Feuer als nötig, um der Phantasie warme Füsse zu machen?

Gibt es eine Phantasie des Herzens?

Warum nicht, wenn es eine Liebe des Kopfes gibt. Kommt auch beides zusammen vor, wie bei einem gewissen Herrn.

* *
*

Ich muss Gerdsen wieder einige „Dokumente" schicken. Ich habe ja schon wieder genug zusammengekritzelt. Wenn er nicht schliesslich doch noch abschnappt. Zu unsinnige Idee, meinen Roman von einem andern schreiben zu lassen. Wie der arme Kerl sich wohl abrackert. Aber er kriegt es fertig, das heisst, er kriegt einen Roman fertig, aber einen Surrogatroman. Was weiss er am Ende von Henning Randers, und was können ihm die paar Zettel sagen, die ich ihm als Materialien liefere Es wird ihm doch alles nur nebelhaft bleiben, Schattenspuk.

Übrigens, was ist das ganze Leben anders als Schattenspiel. Oder ein Suchen im Nebel. Blindekuh! Nur dass einem die Binde nie abgenommen wird. Oder doch mal? Da drüben?

Wenn man dann sehend wird, zurückblicken kann — Herrgott! Alle diese Irrgänge im dicken Erdennebel. Und dann sehen, da hättest du den Weg gehen sollen, und sieh, der Graben da, und der Baum, an dem du dir den Kopf zerbeultest — ein paar Zoll breit weiter links, und du wärst heil durchs Leben gekommen.

*   *
*

Da bin ich nun wirklich in der Kirche gewesen, fein fromm und andächtig.

Sie sass neben mir, ihr Buch lag zwischen uns, und unsere Augen nahmen denselben Weg, von Vers zu Vers, trafen sich auf den frommen Worten.

Küssten sich.

Wir selbst sassen ganz ehrbar und züchtiglich neben einander, und ich meckerte in ihren schönen Alt hinein.

Sie hatte die Führung, ich folgte wie ein Lämmlein der Hirtin.

Die „liebe Gemeinde" (es
ich hübsche Sopranstimme da,

die über diesem misstönigen Gemecker, Gebrumm
und Gepfeife schwebte, wie eine weisse Möwe
über ein schmutziges missfarbiges Stoppelfeld),
die weissen schmucklosen Wände, die Sonne
draussen und die Sonne drinnen, in langen,
breiten Streifen über diesen alten und jungen
Köpfen. Das schwarze Brett mit den grossen
weissen Nummern der Choräle. Die kleine,
schwarze Kanzel mit dem kleinen, weisshaarigen
Pastor Weidenbusch. —

Mir wurde ganz heimatlich. Wie lange bin
ich nicht in einer Dorfkirche gewesen.

*　　*　　*

Man sage nicht, dass in unserer protestan-
tischen Kirche die Poesie keinen Platz hat.
In den kalten grossen Stadtkirchen mit ihrem
nüchternen Prunk, ja, da ist sie erfroren,
elendiglich erfroren. Aber unsere Dorfkirchen.
Selbst diese kahlen, getünchten Wände atmen
Poesie, diese alten rohen Balken, von Schwalben-
schmutz gefleckt und mit einem vergessenen
Spinngewebe in irgend einem Winkel.

Was ist Poesie? Sie geht nicht von den
Dingen aus, sie geht von den Menschen aus.
Und welche Poesie sollte von dem städtischen
Kirchenpublikum (ja Publikum!) ausgehen?

Aber hier, diese schlichten einfachen Acker-
bürger, diese abgerackerten Tagelöhner, Männer

und Weiber, die ihres Herzens Einfalt und
Bedürfnis hierher führt, Sonntag für Sonntag
diese ganze Atmosphäre von Arbeit, Genügsamkeit
Einfalt und Himmelshoffnung, das ist es, das
teilt sich diesen schmucklosen Wänden mit und
leiht ihnen einen rührenden Glanz. Die Poesie
kommt mit den Leuten in die Kirche, fühlt sich
wohl hier und bleibt, auch wenn der Küster
abschliesst.

*   *   *

Auf dem Lande verstehe ich, wie man
fromm sein kann, es wieder werden kann.
Auch auf dem Meere verstehe ich es. Auch
im Kriege. Aber da ist die Zeit oft zu kurz
dazu.

Und auf dem Sterbebett.

*   *   *

So hoch stehen, dass man religiös wird!

Auf Erden ist keiner, vor dem man sich
zu beugen ·nötig hat. Da beugt man sich vor
Gott. Um sein Gewissen zu beruhigen, um
sich zu salvieren.

Oder Einsamkeitsgefühl? Grauen vor der
Einsamkeit?

*   *   *

Ich liebe sie doch! Jeg elsker dig!

*   *   *

Es war kühn, ihr meine Blockhausphantasie
vorzulesen. Aber sie weiss nun, wie ich es
meine. Es wäre Wahnsinn, zu glauben, sie könne
sich auf so was einlassen. Die Künstlernatur
ist sie nicht. Zu wenig Bohémienne. Und das
gehört dazu. Aber sie ist schon das Weib, mit
dem ich es aushalten würde.

*   *   *

Jetzt weiss ich, wie ich mit ihr daran bin.
Es war unvorsichtig von ihr, mir die Rosen aufs
Zimmer zu stellen, am selben Tag noch. Und
unvorsichtig war es von dir, zu erröten, als du
ihr den Feldstrauss brachtest!

Aber ich will nicht!

———

15.

Eines Vormittags spazierten Randers und
Fides nach dem Seepavillon. Es war ein letzter
Septembertag mit Wind und Wolken. Aber die
Sonne war auch da und sie wärmte noch.

Der Wind kam von der See und trieb die
Wolken ins Land. Grosse Schatten segelten
über das Stoppelfeld. Der Roggen, der hier ge-
standen hatte, war längst im Speicher. Ein paar
Krähen hüpften auf den kahlen Schollen, flogen

auf und liessen sich in Steinwurfweite wieder
nieder.

Sie konnten bequem nebeneinander gehen,
brauchten sich nicht auf dem schmalen Fusssteig
zu halten. Randers musste sich ein paar Mal
bücken, ihr Kleid von den Stoppeln zu befreien,
bis sie es lachend aufraffte. Er hatte seinen
Rock zugeknöpft und das Sturmband unters Kinn
gezogen, so scharf wehte hier der Wind. Manchmal blieben sie stehen und drehten den Rücken
gegen den Wind, um sich besser verstehen zu
können.

Fides fröstelte ein wenig, wie sie sagte; wenn
sich die Schatten über das Feld legten, war schon
ein herbstlicher ·Ton in der Luft.

Beim Pavillon war es sehr zugig, und sie
gingen hinein. Sie waren lange nicht dort gewesen. Eine warme, etwas stickige Luft herrschte
in dem Raum, aber des Windes wegen mussten
sie die Tür schliessen. Zwei vertrocknete Wald-
meisterkränze hingen an einem Nagel, und der
welke Duft machte die Atmosphäre noch schwerer
und beklemmender. Die bunten Fenster liessen
nur ein gedämpftes Licht herein und verstärkten
das Gefühl der Abgeschlossenheit.

Fides hatte ein Vergnügen daran, von Fenster
zu Fenster zu gehen und die See einmal blutrot, einmal ockergelb und einmal ganz grün zu
sehen. Sie wollte das alles noch einmal geniessen,

denn es war das letzte Mal, dass sie es in diesem
Jahre sah. Der Herbst war da und mit ihm der
Umzug in die Stadt.

Sie freue sich gar nicht so darauf wie sonst,
sagte sie. So gerne wäre sie noch nie auf dem
Lande gewesen, wie in diesem Sommer.

„Warum bleiben Sie nicht einmal einen Winter
über?“ meinte Randers. „Ich denke mir das
so schön.“

„Meinen Sie? Ich habe es einmal getan. Es
ist gar zu einsam.“

„Das ist doch schön.“

„Aber auf die Dauer? Wenn noch Besuch
käme. Aber es ist ja gar nichts Gescheites in
der Nähe, kein Umgang, der einem zusagte.“

„Sie sollten mit nach Sylt kommen.“

„Ja, das wäre was. Aber Papa tut’s nicht.“

„Auf ein paar Wochen nur.“

„Kommen Sie doch mit in die Stadt,“ sagte
sie. „Aber Sie haben ja solche Sehnsucht nach
dem Meere,“ setzte sie schnell hinzu. „Ich kann
mir denken, wie Sie sich wegsehnen von hier.“

Er erwiderte nicht gleich etwas darauf. Allerlei Gedanken und Bilder gingen ihm durch den
Kopf. Er besuchte mit ihr die Museen, die
Konzerte, die Kirchen, sah sich von ihr in eine
höhere Geselligkeit eingeführt, in die Gesellschaft; tausend verlockende Aussichten eröffneten
sich ihm, wenn er mit ihr in die Stadt ginge.

Und dass sie es wünschte! Dass sie es wünschte und aussprach! Das machte ihn ganz glücklich.

„Wie gerne würde ich mit in die Stadt gehen," sagte er.

„Aber?" fragte sie, da er zögerte.

„Diese Idee kommt zu plötzlich, so überraschend," sagte er langsam und unsicher, und vermied dabei, sie anzusehen.

„Nein, es geht nicht," sagte er mit einem plötzlichen Entschluss. „Das ist ja alles — aber nein, es darf nicht sein!"

Und er fing an, hin und herzugehen, unruhig und nervös, und verzweifelte Blicke nach den Fenstern werfend, als wäre es ihm zu schwül hier.

Fides sass auf dem roten Plüschkissen, auf der einzigen langen, lehnelosen Bank, und trommelte ganz sachte mit den Fingern auf dem kleinen Borkentisch.

„Ich hatte mir das so schön gedacht," sagte sie. „Aber wenn es nicht sein kann —" Es klang weich, fast wie ein Seufzer.

Sie hatte das gedacht? Schon früher daran gedacht? Hatte es sich ausgemalt? Es war nicht nur ein augenblicklicher Einfall?

„Ja, aber meine liebe gnädigste Komtesse, ich täte es so gerne, schon allein, da Sie es wünschen —"

„Aber ich bitte Sie, meine Wünsche! Sie sollen durchaus nicht das geringste Opfer bringen.

Sie haben sich alle diese Wochen nach Sylt gesehnt —“

„Aber ich bitte, von Opfer kann ja gar keine Rede sein. Wenn Sie wüssten, wie schwer — es waren so — ich werde diese Wochen nie vergessen, die ich hier verlebte.“

„Ja, es war recht hübsch. Aber es wird doch jetzt schon recht unfreundlich hier. Ich freue mich doch auf die Stadt.“

Sie sagte das in einem ganz andern Ton. Ein plötzliches Umschlagen der Stimmung.

„Ihr ewiges Hin- und Herlaufen macht mich ganz nervös,“ sagte sie und stand auf. „Was haben Sie für eine Unruhe! Sie können gewiss die Zeit nicht erwarten, wo es auf und davon geht, Sie alter Meermensch.“

Es sollte scherzhaft klingen, aber es war eine leise Gereiztheit im Ton.

„Sie missverstehen mich, Komtesse,“ sagte Randers.

„Wie so?“

Die Frage klang wirklich naiv und machte ihn einen Augenblick irre, verwirrte ihn. Er versuchte sich mit einem Lächeln herauszuhelfen, aber es misslang.

„Ich brauche ja das Meer, die Einsamkeit — es ist ja nur eine Flucht — vor mir selbst — vor all diesen — diesen Unmöglichkeiten.“

Er rannte wieder auf und ab, während sie

9*

angelegentlich durch das rote Fenster auf die See sah, die Augen mit der Hand beschattend, dicht an die Scheibe gedrängt.

Er wartete, dass sie etwas erwidern sollte.

„Aber ich habe Ihnen das ja alles schon gesagt," fuhr er fort, als sie schwieg, und es klang fast verzweifelt.

Er sah sie an, aber sie rührte sich immer noch nicht.

Als sie sich jedoch nach einer peinlichen Pause umwandte, erschrak er über die Blässe ihres Gesichts und den fast harten Ausdruck der Augen.

Und plötzlich — war es unter seinen besorgten, fragenden Blicken? — eine tiefe Röte überflutete sie, ihre Blicke wurden unsicher, hilflos; sie schlug die Hände vors Gesicht, und mit gepresster Stimme sagte sie leise:

„Warum quälen Sie mich so?"

„Fides!" rief er.

Aber sie eilte an ihm vorüber, liess sich auf die Bank fallen, legte den Kopf auf den Tisch, und das Gesicht in beide Hände drückend, weinte sie krampfhaft.

„Fides!"

Er kniete neben ihr, zitternd, bebend vor Erregung, suchte ihre Hand, erhob sich wieder und sprach, über sie hingebeugt, auf sie ein.

„Nein, nein, o nicht,“ stammelte er. „Was ist dies alles — Komtesse. Aber nein — Fides, liebe, liebe Fides.“

Und wieder lag er vor ihr auf den Knien.

<hr>

16.

Es regnete, regnete immer stärker, der ganze Himmel schien sich auflösen zu wollen. Das angewelkte Laub konnte sich unter diesem beständigen Angriff der Wassermassen nicht halten, löste sich und fiel auf die aufgeweichte Erde, in den Kot der Wege und in die hundert kleinen und grossen Pfützen.

Es war, als wollte dieser Tag die letzten Reste des Sommers wegschwemmen.

Randers lief immer gerade aus, eine Stunde lang, zwei Stunden. Das Nass rann in Strömen und kleinen Bächen von seinem Regenrock, sammelte sich auf seiner weissen, durchweichten Mütze, rieselte über deren schwarzen Schirm, spritzte von unten bei jedem Schritt an ihm hinauf, dass Stiefel und Beinkleider ganz kotig waren.

Aber er lief immer drauf los.

War das nicht der Weg nach Süssen?

Aber es war ja gleichgültig. Er wollte ja nur seinem „Glück“ entlaufen, diesem wunderlichen Glück, das ihn quälte, ihn ängstigte, sich wie eine eiserne Klammer um sein Herz legte, wie ein glühender Nagel sich ihm ins Hirn bohrte. O, wie er glücklich war!

Warum jauchzte er nicht laut auf? Hatte er nicht eine reizende Braut? Und eine köstliche Zukunft?

Schwiegersohn des Grafen Bruckner!

Was würden sie alle für Augen machen. Also doch eine Adelige. Ja, ja der Randers!

Nein, und tausendmal nein! Er konnte dieses Opfer nicht von ihr annehmen. Frau Doktor Randers! Was konnte er ihr dafür bieten? Aus eigenem? Eine grosse, dauernde Leidenschaft, eine beständige, alles wettmachende Liebe?

Würde er nicht nur ihr Geliebter sein, von ihrer Liebe leben? Der Geheiratete sein? Sie hatte sich mal diesen Luxus erlauben können, einen simpeln Bürgerlichen ohne Stellung und Vermögen zu nehmen, weil er ihr gefiel.

Sie würde ihn lieb haben und füttern!

Hatte er denn gar keinen Stolz mehr?

Aber wie es ihr sagen? Wie es ihr sagen? Er war ihr ja so gut, er könnte es nicht übers Herz bringen, ihr weh zu tun. Aber es musste sein, ohne Aufschub, bevor die Anzeige dieser Verlobung in alle Welt ging. Dann war er gebunden, dann durfte er sie nicht kompromittieren.

In der Theorie wusste er ja mit all diesen verzwickten Dingen leicht fertig zu werden. Man

lebt nebeneinander hin, und nachher trennt man
sich, gutwillig. Oder richtet sich ein. Aber in
der Praxis ist es denn doch etwas anders. Da
spricht das gute Herz mit, Ehrgefühl, Anstand,
Dankbarkeit, tausend Stimmen reden auf einen
ein und verderben das theoretische Konzept.

Und nun gar eine Verlobung eingehen mit
der Absicht, sie wieder zu lösen. Pfui Teufel,
wie gemein!

Also es ihr sagen, noch hier, heute noch!

Der Wagen stand sozusagen schon vor der
Tür, morgen wollten sie zusammen abfahren,
sich in Hamburg trennen, wo er einige Tage
verweilen wollte, um seine Angelegenheiten zu
ordnen, um ihnen dann nach Berlin zu folgen.

So in der letzten Stunde, den Koffer in der
Hand — nein das ging nicht! Warum kam das
alles auch im letzten Augenblick! Acht Wochen
waren sie nun zusammen gewesen.

Am besten wäre es, er schriebe es ihr von
Hamburg aus.

Und so lange sollte er schauspielern? Lügen?

Müde und abgespannt, durchnässt und be-
schmutzt kam er wieder im Schloss an.

Fides war in ihrem Zimmer, beschäftigt, mit
der Zofe die letzten Koffer und Schachteln zu
packen, der Graf in seinem Arbeitskabinett zu
einer letzten geschäftlichen Unterredung mit dem
Verwalter.

Randers ging, von niemand gesehen, auf sein Zimmer. Am liebsten hätte er sich aufs Bett gelegt, zu einem langen, langen Schlaf. Aber es war noch früh, kaum sechs Uhr.

In den nassen Kleidern konnte er auch nicht bleiben. Er zog sich um und ging in den Salon hinunter.

Ein graues, trübes Dämmerlicht herrschte darin.

Der Regen schlug gegen die Fenster. Ein paar welke Ahornblätter klebten an den nassen Scheiben.

Vom Tisch waren alle Mappen und Bücher abgeräumt, die schweren Silberleuchter unterm Wandspiegel waren schon weggeschlossen. Es lag schon ein Hauch von Unwohnlichkeit über dem halbdunklen Raum. Nur die grosse japanesische Vase, die der Gärtner erst gestern mit frischen Chrysanthemen gefüllt hatte, stand noch auf ihrer Ebenholzsäule, und die grossen gefiederten gelben und weissen und lila Blumensterne standen wie verbannte Schönheiten auf einer einsamen öden Insel.

Der Blüthner war geöffnet.

Ob Fides gespielt hatte?

Richtig, da lag noch ihr Armband auf dem Leuchterbrett, ein schmaler Silberreif, den sie der vielen Anhängsel wegen beim Spielen ablegte.

Er nahm ihn mechanisch in die Hand, legte ihn aber schnell wieder hin.

Mechanisch suchte seine Hand die Tasten. Er erschrak beinah, als sie nachgaben und ein paar leise Diskanttöne wie klagend durchs Zimmer klangen.

Er lächelte, musste lächeln.

Wie nervös er war!

Aber er musste sich beherrschen, heute noch, morgen noch.

Er rückte sich den Sessel zurecht und fing an zu spielen. Ganz unten im Bass, leise, unrhythmisch. Die Töne rannen, krochen durcheinander, wie brauender Nebel. Diese dunklen, dumpfen Töne taten ihm wohl. Er konnte sich nicht genug tun, da unten herumzuwühlen. Aber allmählich löste sich ein Thema ab, eine Melodie. Takte aus Chopins C-moll-Polonaise kamen ihm unter die Finger, und wieder biss er sich in diesem Gedanken fest, hetzte ihn, peitschte ihn durch alle Oktaven, überrollte ihn mit stürmischen Passagenwogen, dass er elendiglich darin zu ertrinken schien, aber er tauchte immer wieder auf, und schrie, schrie förmlich: lass mich los, lass mich los!

Plötzlich legte sich eine weiche Hand auf Randers' Schulter. Er schrak zusammen, fuhr wie aus einem Traum auf.

Fides?

Er starrte sie an, wie eine Erscheinung.

Sie lachte laut auf.

„Der arme Flügel. Ist das dein Abschied
von ihm?“

Er lachte gezwungen.

„Es war wohl wüst?“

„Aber sehr. Alle Wände zittern vor Angst.“

Er stand etwas beschämt auf, und sie schloss
schnell das Instrument.

„Der hat genug für dieses Jahr,“ scherzte sie.

„Armes Tierchen, hat er dir wieder wehe
getan?“

Wie gut gelaunt sie war, wie drollig. Und
wie reizend sie aussah. Ihre Wangen glühten
noch infolge der eifrigen Reisevorbereitungen.

„Wie ungemütlich ist es hier schon,“ sagte sie.

„Und dieses Wetter heute. Wären wir nur
erst weg. Ich habe jetzt gar keine Ruhe mehr.“

Und sie zog ihn mit sich ins kleine Nebenzimmer, wo es noch einen gemütlichen Eckplatz
gab, und erzählte ihm von ihren Kasten und
Koffern, und wie ungeschickt sich die Zofe beim
Einpacken benommen hätte, und plauderte von
Berlin, und was sie alles in diesem Winter unter-
nehmen wollten. Ob er sich auch so darauf freue.

„Ja,“ sagte er und hielt ihre Hand und
drückte sie ganz leise.

Es war so dunkel jetzt, dass sie sich kaum
erkennen konnten.

Aber er wünschte, es wäre noch dunkler.
Er hatte gelogen, hatte sie belogen! Es war ihm

plötzlich, als ob etwas in ihm kalt würde. Eine Leere. Es war nicht Scham, nicht Reue, oder Schmerz. Nur ein wunderliches Gefühl der Starre, wie ein eisiger Hauch.

Es war etwas in ihm tot, er hatte es selbst getötet.

Es war aus. Er fühlte es.

Leise liess er ihre Hand los.

Es war aus.

* * *

17.

Es war fünf Uhr morgens. Randers öffnete das Fenster. Es war noch alles dunkel draussen, die Sonne noch nicht aufgegangen. Aber von den Wirtschaftsgebäuden her kündigten verschiedene Geräusche an, dass die Leute schon an die Arbeit gingen. Er sah Licht im Kuhstall, und ein Knecht ging mit einer Laterne über den Hof.

Es war ein kühler, nebliger Morgen. Der Regen hatte schon während der Nacht aufgehört. Aber von den Bäumen und Büschen tropfte es noch in schweren grossen Tropfen, und ein feuchter, modriger Dunst stieg von dem durchweichten Erdreich auf.

Randers war blass und überwacht. Er hatte die ganze Nacht hindurch geschrieben. Er brauchte sich nicht anzukleiden, er war nicht aus den

Kleidern gekommen. Er kühlte sich Stirn und Augen mit einem nassen Schwamm, trank hastig ein paar Gläser Wasser und stand dann mitten im Zimmer, regungslos, die Hand im Nacken, und starrte auf den Fussboden.

Mit einem Ruck ermannte er sich.

„Es geht nicht anders. Es ist das Beste so. Bei Nacht und Nebel.“

Er lachte. Ein bitteres, hässliches Lachen. Er nahm Hut und Stock und den kleinen Koffer und ging leise die Treppe hinunter.

Ein Hausmädchen sah ihm verwundert nach. Sie waren gewohnt, dass er früh aufstand, mit Sonnenaufgang schon in die Felder lief oder an die See hinunter.

Aber heute war es doch reichlich früh.

Er fand die Hintertür geöffnet und kam ungesehen ins Freie.

Fides' Fenster lagen nach vorne hinaus.

Er konnte sie nicht sehen.

Ob sie wohl schon wachte?

Ungesehen kam er vom Hof auf die Landstrasse. Er ging nicht durchs Dorf, sondern auf einem Wiesenweg hinten herum.

Aber in Rosenhagen sprach er im Krug vor, trank zwei Schnäpse, um sich zu erwärmen, und gab einen Brief fürs Schloss ab, mit dem Befehl, ihn in einer Stunde, sowie es hell würde, abzuliefern.

Auf die verwunderten Fragen des Wirtes antwortete er ausweichend.

Dann ging er nach Süssen, wo er elend ankam. Er bestellte einen Cognac und ein Glas Wasser, goss das Wasser hastig hinab und liess den Cognac stehen. Es ekelte ihn davor. Er erkundigte sich, wann das Dampfboot von Heiligenhafen nach Kiel führe, und nahm einen Wagen. Er konnte das Boot gerade noch erreichen.

Drittes Buch

I.

Randers an Gerdsen.

Ich halte es nicht mehr aus, lieber Freund!
Sie werden verstehen, dass ich nach dem Rixdorfer Erlebnis der Zerstreuung bedarf, eines
Gegengewichtes. Wie tief es noch bei mir
sitzt, können Sie daraus ersehen, dass die Zer-
streuungen und Erholungen der Kunst nicht
ausreichten. Es mussten Betäubungen sein.
Alkohol!

Ich entfliehe der Gefahr. Es gibt nur eins,
was mich befreit, mich reinigt: Die Natur.
Die See.

Sie empfehlen mir die Arbeit. Aber was
kann sie mir anders sein, als ein Betäubungsmittel? Meine Art Arbeit, die nicht produktiv
sein kann. Fördert mich diese Arbeit, bringt
sie mich eine Stufe höher, eine Stufe hinaus
aus meinem Gefängnis? Ist sie nicht nur
Gefängnisarbeit eines Sklaven, der sich nützlich
erweisen soll und zugleich an seiner Pflicht ein
Betäubungsmittel hat?

Aber ich will mich nicht betäuben. Das ist so feige, so philiströs, so dumm, so unwürdig. Warum denn nicht gleich die Pistole? Die betäubt alles und auf das vortrefflichste. Soll ich Mittel brauchen, die mir das Leben erträglich machen, so müssen es Rauschmittel sein. Sie kennen diese meine Mittel, die das Leben steigern, es aufreizen, verdoppeln! Musik, Poesie, jede Art Kunst, das Weib und vor allem die Natur.

Sie geben in Ihrer Arbeit Ihr Ich. Bei Ihnen ist Arbeiten erhöhtes Leben, bei mir Bekämpfung des Lebens. Warum denn nicht mit der Pistole? Puff, weg damit! Aber können Sie mir ernstlich empfehlen, das Leben täglich zu foltern, es auf Hungerration zu setzen, ihm die Kehle bis auf das allernotwendigste Quentchen Luft zuzuschnüren, ihm einen Stein auf den Kopf zu legen, damit es die Stirne nicht zu hoch trägt und nicht zu sehr wächst, ihm die Füsse zu binden, damit es nicht auf den Einfall kommt, zu tanzen? Pfui Teufel, wie gemein! Quält man so sein Leben?

Nein, lassen Sie mich meine Wege gehen, Weg und Ziel sind mir ganz klar. Es gibt für mich nichts mehr als ein paar Jahre Einsamkeit, die, langsamer oder schneller, in die letzte grosse Einsamkeit einmünden.

Ich habe allerlei für Sie niedergeschrieben,

lasse Ihnen ein versiegeltes Paket zurück.
Suchen Sie sich damit abzufinden, wenn Sie
überhaupt noch an dem Roman festhalten. Ich
für meine Person entbinde Sie davon. Wir
müssten eigentlich täglich zusammen arbeiten,
und das widerstrebt mir. Ich mag nicht so
darin wühlen, es bringt doch auch so seine
Schmerzen mit sich. Macht man's selbst,
allein, so ist schon die mechanische Arbeit
des Schreibens eine Art Medizin, ein be-
ruhigendes Pulver. Aber mündlich, wo man
einmal zu intim wird, ein andermal wieder vor
Scham das Wichtigste nur eben berührt, das ist,
als sollte man sich in Gegenwart eines andern
nackt ausziehen.

Legen Sie bei Ihrem Helden besonders Ge-
wicht auf den aristokratischen Tick. Und auf
die Natur! Erklären Sie beides aus seinem
ästhetischen Genusstrieb heraus. Die Kunst
erst in dritter Linie, es fehlt ihm dazu an
innerer Berufung Er ist nur ästhetischer
Genüssling. Der Natur gegenüber reicht das
ja aus, daher fühlt er sich bei ihr am wohlsten.
Beim Weibe ist es damit nicht getan, das Weib
verlangt „produktive Talente" vom Manne. Daher sein Fiasko beim Weibe, beim vornehmen
Weibe, das ihn allein ästhetisch reizt, allein
für ihn in Betracht kommt. Na, Sie werden
es schon machen.

10*

Ich gehe morgen nach Sylt. Meine dortige Adresse wissen Sie noch von früher. Es braucht sonst niemand zu wissen, wo ich bin! Also Diskretion!

Adieu, bester Freund! Ich halt es einfach nicht mehr aus.

Ihr Randers.

P. S. Ich lege Ihnen hier noch ein paar Verse bei, die meine augenblickliche Seelenverfassung spiegeln, und ein älteres Stimmungsstück, das ich unter meinen Papieren fand, eine Stilübung, die Sie vielleicht als Beweisstück für meine unzureichende Produktionsbegabung und als ein Charakteristikum nach der sentimentalen Seite hin brauchen können. Übrigens meine Verse! Ich wollte Sie immer bitten, ihnen etwas auf die Beine zu helfen, sie sind gar zu dilettantisch unbeholfen. Aber ich hab's mir jetzt überlegt, ändern lassen Sie nichts daran; so wie sie sind, haben sie ja allein Wert als „Dokumente", als Belege für mein Halb- oder Garnichtskönnen. Wenn Sie sie nicht lieber ganz weglassen. Mir auch recht!

*   *   *

Was für ein Traum doch war's, der sich mir
spann bei Nacht,

Dass ich in meinen Tränen bin erwacht?
  Was für ein Traum doch war's?

Ist's nicht dein Bild, das sich mir hat gestellt,
Das Haupt von lichten Locken dicht umwellt?
  Ist's nicht dein Bild?

Und blicktest du nicht kalt an mir vorbei, die Hand
Zur Abwehr streng entgegen mir gewandt?
  Und blicktest du nicht kalt an mir vorbei?

Zerriss es denn auf ewig, jenes Band,
Das dich und mich zu schönstem Bund umwand?
  Zerriss es ganz?

So bleibt mir nichts von dir als heisse Glut,
Ein einsam Kissen, feucht von meiner Tränenflut?
  So bleibt mir nichts?

———

Friedenstraum.

In stillen, tagesabgeschiednen Nächten,
Wenn Stern an Stern zu goldnem Kranz sich flicht,
Und wenn, wo Ginster sich und Weissdorn flechten,
Gespenstisch Flüstern ob der Heide spricht,
Dann hör ich auf, zu hadern und zu rechten,
Wenn goldner Friede sternhernieder bricht,
Dann blinkt in meines Herzens dunklen Schächten
Endlich ein trautes, stilles Dämmerlicht.

———

Vogelkönigtum.

Vogel, du bist der König der Welt,
Fern bleibt kein Platz dir, der dir gefällt.
Fliegst in die freien Lüfte,
Fliegst über Berg, über Meer, über Feld,
Vogel du freier, du Herrscher der Welt.

Überall darf der Himmel dir blauen,
Überall darfst du die Welt erschauen,
Überall lässt du die Woge dich grüssen,
Himmelentstürzt dir die Brust von ihr küssen;
Täglich eroberst du neu dir, ein Held,
Vogel, du freier, zu eigen die Welt.

***

Wie es sein sollte!

Was ist das Glück? Ein niedres kleines Haus,
Weit ab der Welt und ihrem argen Treiben;
Zum Fenster lehnt ein liebes Haupt heraus,
Und Hände winken, lassen mich nicht bleiben;
Vom Strande tönt der Nordsee dumpf Gebraus,
Die Sonne blinkert golden in den Scheiben,
Wir sind im Zimmer einsam und zu zwein,
Wir sind mit unsrem goldnen Glück allein.

***

Einsame Weihnachten.

Gestern überkam mich die Weihnachtsstimmung mit übermächtiger Gewalt. „Stille Nacht, heilige Nacht,“ so klang es von der Strasse herauf; Strassenmusikanten. Was machte mir heute ihr sonst so grässliches Getute erträglich? War es nur diese unverwüstliche Melodie, dieses schönste aller Weihnachtslieder? Und das, was unter dem Zauber dieses Liedes erwachte? Ich war selbst wieder Kind geworden, meiner Mutter am Klavier geschmiegt, und „Stille Nacht, heilige Nacht“ klang es von meinen Lippen.

Nun will heute der heilige Abend kommen. Die weihnächtige Stimmung ist mir getreu geblieben, und ich muss mir schon an ihr genügen lassen, denn ich würde einsame Weihnachten feiern; ich lebe, ein Fremder, in der fremden Stadt, einsam inmitten des hastenden Getriebes. Heute bin ich ihm entflohen; ich bin weit hinausgewandert in die schweigende, glitzernde Einsamkeit der ländlichen Umgegend.

Um mich das Spiel der weissen Flocken! Nicht in dichten Wolken wallt es hernieder; in glitzernden Sternen stäubt es fein, so fein herab. Will sich ein Geheimnis, beglückend, beseligend, auf die Erde betten? Leise Klänge klingen mit. Oder ist's Täuschung? Klingt

der Schnee in herniederrieselnden Tönen un-
hörbar fast und doch so deutlich, weich, so
wunderweich dem Ohr, wie sich auf die Stirne
eine märchenweisse, schmale Frauenhand her-
niederlastet?

Der Himmel will sich verstecken und sendet
doch seine Botschaft. Zwischen den lang-
ausgesponnenen Schneefäden dringt es wie von
schimmernder Klarheit, fast als ob in jedem
Augenblick der feine Nebelflor aufwehen und
ein holdes Geheimnis enthüllen möchte.

Es ist drei Uhr nachmittags. Die Dämmerung
hat begonnen. Ich bin weit hinausgeschritten,
fern, so fern der Stadt. Nicht wie sonst am
verdüsterten Fluss. Was soll mir die rollende
Welle? Was soll mir am Weihnachtsabend
trübe und ewig novemberhaft der dunkle Strom?

Wenige Schritte noch und ich bin im Walde!
Breit dehnt sich die Fahrstrasse, einem ge-
frorenen, schneeblitzenden Flusse gleich, den,
aus Tannen aufgebaut, jäh stürzendes Steilufer
dunkel von beiden Seiten umengt. Eine Viertelstunde hinaus kann ich die schnurgerade ver-
laufenden, dunkelgrünen Wände überblicken.
Stille, lautlose Stille, umfängt mich. Nur leisestes
Wehen der Wipfel; einmal ein heiserer Krähen-
schrei! Die Wagenspuren die einzigen Zeichen
menschlichen Lebens, aber auch sie fast hin-
weggewischt durch den fallenden Schnee.

Aber da saust es plötzlich zwischen den Stämmen heran! Ein schwaches Klingelgeläute! Stärker und stärker! Zwei Pferde! Scharf gezeichnet steigt aus ihren Nüstern der Atem in die Winterluft empor. Eine grosse, kräftige Männergestalt im Vordersitze; hinter ihr der peitschenknallende Kutscher. Ein verwunderter Blick auf den einsamen Wanderer! Sausendes Schlittendröhnen!

Vorbei!

Wohin wohl? Vielleicht auf ein benachbartes Gut zum Besuch auf den heiligen Abend? Der Schlitten mit Geschenken vollgepackt.

Wie wohl die Kinder warten werden. Bei jedem Haustürklingeln eine stürzende Schar, und immer wieder die Enttäuschung. Aber endlich ist er angekommen! Ein Stampfen auf der Treppe; das Fusseisen klingt an den scharrenden Absätzen; in der geöffneten Tür heisst eine schöne Frau den Schwager willkommen; die Kinder umdrängen den Onkel mit freudigem Lärm, und das Jubeln will kein Ende nehmen.

Und wieder läutende Glocken! Aber nicht aus der Ferne! „Aus des Herzens tiefem, tiefem Grunde" läutet die Vergangenheit empor. Immer mächtiger fluten und überschwemmen mich die Klänge. Und da wandelt sie mir nah zur Seite und nickt mir mit vertrautem Auge, die Jugend, die fröhliche, selige Kinderzeit.

Die Weihnachtsferien sind da! Meine Eltern wohnen auf einem grossen Kirchdorf, kaum eine halbe Meile von der Stadt, deren Gymnasium wir drei Brüder besuchen. Schon sitzen wir im Schlitten. Bald grüsst uns aus der Ferne das elterliche Heim, ein freundliches Pfarrhaus, um das im Sommer ein dichter Garten seine grünen Kränze schlingt. Endlich sind wir daheim bei Vater und Mutter. Es weihnachtet überall. Von Kuchen und Marzipan, von Pfeffernüssen, Tannennadeln und Weihnachtskerzen strömt ein würziger Weihrauch durch das ganze Haus. Vor den leichtüberfrorenen Fenstern hasten die Mädchen mit grossen eisernen Kuchenplatten vorbei.

Aber lange duldet es uns Kinder nicht an einer Stelle. Die Backen brennen vor ungeduldiger Erwartung. Schneckengleich schleicht die Zeit. Wollen denn die Grosseltern gar nicht kommen? Endlich hält das Gefährt. Wir Kinder alle draussen; die Kleinsten patschen mit ihren Händchen an den Grosseltern empor.

Schliesslich ist auch die letzte Stunde der Erwartung dahingegangen. Meine Mutter sitzt am Klavier und spielt den Weihnachtschoral. Auch das Stimmchen meiner kleinsten Schwester tippt schüchtern mit im Chor. Und dann tun

sich die Türen weit auf, und vor uns flutet und
flimmert der schimmernde Kerzenglanz! O du
selige, o du fröhliche Weihnachtszeit; fröhlich
und selig, wenn man ein Kind ist, bei Vater
und Mutter daheim!

Ich habe mich in lichte Träume verloren;
aber ich wehre ihnen, denn ich weiss nur zu
wohl, dass sie sich trüber und trüber spinnen
werden. Wollen nicht schon einsame, schweigende
Gräber aus der Ferne herüberwinken? Ich reisse
mich los; ich bin zur Gegenwart erwacht.

Es schneit nicht mehr, aber der Wald ist
noch immer mein Begleiter: dunkler dräuen
die Tannen, geisterhafter glitzert zwischen
Stämmen der Schnee, denn die Dämmerung ist
vollends gewichen, und die Nacht hat ihren
sternenbesteckten Mantel über die stille Erde
ausgebreitet. Und doch kein Dunkel. Sternen-
glanz und flimmernder Schnee weben ihre ge-
heimen Strahlen ineinander; und mit ihnen
führt noch etwas anderes, Unsagbares, heute in
der Weihnacht geheime Zwiesprache. Was ist's?
Ist es ausser oder in uns? Und wir legen es
nur in die Natur hinein? Ist es der Klang der
Weihnachtsglocken? In einem fernen Dorfe
läuten sie den heiligen Abend ein, der Wind
verweht mit leisem Schwellen den Schall und
trägt ihn über den schweigenden Wald. Und
ich vermag mein Ohr gegen diese Töne nicht

zu verschliessen; zu gewaltig ist ihr Weiheklang. Alles grüblerische Denken erlischt; nur ein beglücktes Empfinden, nur der heimliche Zauber des Waldes und der gestirnten Weihnacht besteht.

Hat ihn je ein Dichter voll auszuschöpfen vermocht, so dass allein sein Wort den mächtigen Zauber ans Licht beschwor?

Das Weihnachtsevangelium fällt mir bei; nicht der Bericht des Lucas, von der Geburt des Kindleins selbst; zu real, so wundersam rührend auch die herzenseinfältigen Worte lauten. Aber die herrlichste Poesie folgt: „Und es waren Hirten beisammen auf dem Felde, die hüteten ihre Herde bei Nacht. Und der Engel des Herrn trat zu ihnen, und die Klarheit des Herrn umleuchtete sie."

Die schweigende Einsamkeit des Feldes, die einfachen Hirten, die Nacht, die himmlische Klarheit, das ist's! In diesen Worten steckt der ganze Zauber der Weihnacht, an sie reicht nichts heran als Händels ebenso einfache wie grossartige Musik. Die Worte wollen mich nicht mehr loslassen, ich spreche sie immer und immer wieder, ich summe sie in Tönen, indes ein leisester Windhauch den Tannen an ihre Wipfel rührt, und aus der Höhe herniedersäuselt, wie eine Botschaft des Friedens, wie der Friede selbst, der nicht von dieser Welt

ist, der sich nur einmal im Jahre in der stillen,
in der heiligen Nacht auf die Erde hernieder-
senkt. Und die Tannen erbeben und streuen
Weihrauch auf und knistern — von Gold?
Und schimmernd entbrennen viel tausend heimliche Kerzen, und unter ihnen liegt das Christ-
kind gebettet, mit golden blickenden Augen —
ein Weihnachtsmärchen in der Weihenacht unter
den Tannen — und die Klarheit des Herrn
umleuchtet sie.

Und mir — mir rinnen die Tränen von den
Wangen herab — aber himmlische, heimliche
Klarheit umleuchtet auch mich — die Klarheit
des Herrn in der Weihnacht.

———

2.

Auf der Wattenseite, auf halbem Wege
zwischen Rantum und Hörnum lag im Schutz
des mächtigen Dünenwalles ein kleines ein-
stöckiges Blockhaus. Ein leidenschaftlicher
Seehundsjäger hatte es sich dahinbauen lassen.
Seit Jahren stand es unbenutzt.

Das war etwas für Randers. Er erhielt das
Häuschen für einen Spottpreis. Es war auch
ärmlich genug für einen längeren Aufenthalt,
nur für einen anspruchslosen Jäger auf einige

Wochen ein Unterschlupf. Unten war ein grosser Raum mit einer kleinen Kammer daneben, oben, auf einer schmalen Holzstiege erreichbar, noch eine geräumige Kammer unter dem spitzen Giebel und etwas, anscheinend nie benutzter Bodenraum. Aber es befand sich doch eine Kochstelle im Erdgeschoss, ein primitiver Herd, worauf der alte „Seehund" sich seinen Grog gebraut haben mochte.

Randers liess alles instandsetzen, liess sich aus Westerland einen Tischler kommen und richtete sich ein. Das untere Hauptgelass war geräumig genug. Da fand ein grosser Schreibtisch aus Tannenholz Platz, vor dem Fenster, das auf die Watten hinaussah. Ein Chaiselongue, vier Stühle, ein kleiner runder Tisch, was brauchte er mehr? Ihm fiel zuerst nichts weiter ein. In die Kammer kam ein Bett und ein Waschgestell aus Draht. Auch ein paar neue Fensterscheiben waren nötig. Die alten waren ganz erblindet und rissig.

In die Giebelkammer liess er ein zweites Bett stellen. Er verwandte fast mehr Sorgfalt auf dieses „Fremdenzimmer" als auf seinen eigenen Wohnraum. Es kam ein solider Waschtisch herein, eine Kommode, eine Garderobe und nachträglich noch ein Spiegel. Er liess den ganzen Fussboden mit einem weichen Teppich belegen und das Fenster mit Vorhängen versehen.

Als er seinen Einzug hielt, hatte er einen
Augenblick den Gedanken, die erste Nacht
unter seinem Dache dort oben zu schlafen.
Aber er unterdrückte diese Anwandlung. Doch
ging er noch einmal mit einem Licht hinauf
und stellte ein paar Herbstblumen, die er sich
aus Westerland vom Gärtner geholt, in ein
Wasserglas auf den kleinen dreibeinigen Wand-
tisch, den er in der Wirtschaft des Rantumer
Strandvogts für ein geringes erstanden hatte.

Er dachte lange, bis er endlich einschlief,
an die einsamen Astern oben im Giebelzimmer
und belebte den Raum mit allerlei Traumgestalten.
Am Morgen aber lachte er über die Blumen
und warf sie zum Fenster hinaus.

———

3.

Randers fühlte sich geborgen. Vorläufig,
vielleicht, dass es mit der Zeit ihm auch hier
nicht mehr einsam genug wäre. Nun, dann
war ja Norwegen da, die Schären und Fjords.
Und immer so weiter, bis in die letzte grosse
Einsamkeit. Auf diesem Rückzug war er ja doch.

Das mit Fides hatte ihm doch den Rest
gegeben. Er bereute es nicht, er würde es zum
zweitenmal wieder so machen. Und das gerade

war es, was ihn so aus dem Geleise warf. Seine eigenste Natur hatte ihm diesen Streich gespielt. Er hatte das Glück in Händen gehabt und hatte es von sich geworfen, weil es ihm in diesem Augenblick kein Glück mehr war.

Seine Natur war auf das Unmögliche gestellt. Er trug sich mit Idealen, die verwirklicht, ihn unglücklich machen müssten. Weil er halb war, grossmäulich im Wollen, kleinmütig im Ausführen.

Ach ja, seine schönen Theorieen!

Dass alles Halbe ausgerottet werden müsste, dass die Halben mit Gewalt expediert werden müssten, wenn sie sich nicht selbst aus der Welt bringen wollten. Das war auch so eine von seinen Theorieen, aber eine, die sich verwirklichen liess. Und da würde er seinen Mann stellen. Ja, es war geradezu das Ziel, worauf er jetzt lossteuerte. Und da er ganz sicher wusste, dass er einmal dort anlangte, warum sollte er sich beeilen? Warum nicht in aller Ruhe und Gleichmütigkeit diesen Todesgang gehen?

Das war ja gerade das Köstliche, gab ja gerade dem Leben diesen seltenen, schaurigen Reiz: dieses Tanzen über dem Grabe, dieses letzte Geniessen, mit dem Bewusstsein, es ist das letzte; mit jedem Tropfen, den du schlürfst, kommst du dem Nichts näher.

Aber ausleben, nicht absterben!

Randers war den Rantumern schon von früher bekannt. Er war oft auf Sylt gewesen. Auf der ganzen Insel, von Hörnum bis List hinauf, kannte man den „langen Doktor".

Die Leute freuten sich seiner Anhänglichkeit an ihre Insel und freuten sich, dass er jetzt ganz bei ihnen bleiben wollte. Freilich lachten sie auch über ihn. Er war doch noch immer der alte verrückte Kerl. Und Randers lachte mit. Er wusste, die Leute waren im Grunde einem gesunden „Sparren" nicht gram, wussten ihn zu schätzen. Und dass er anders war als andere, das machte ihm ja selbst den grössten Spass, das war ja sein Stolz. Er war ja überall der Andere gewesen. Überall „deplaciert". Hier war jeder der Andere, der Eigene, Sonderliche. Jeder ein Original. Aus der Natur herausgewachsen, ohne Drill und Schliff. Das waren die Leute, die ihm gefielen. Er fuhr mit ihnen aufs Meer, lernte wieder das Segel handhaben. Er freute sich kindisch, als er den ersten Seehund geschossen hatte. Auch eine Möwe holte er herunter, nur um den Leuten zu zeigen, dass er's konnte. Nachher tat er's nie wieder. Er liebte die Möwen.

Auch von den Seehundjagden kam er oft ohne Beute zurück. Dann waren ihm die guten dummen Tiere leid gewesen, und er hatte nur

darüber weggeknallt und sich an ihrem Erstaunen
belustigt.

Er sah braun aus, wie der älteste Rantumer,
schon nach drei Wochen; war er doch stündlich
draussen, im feuchten Salzwind, das Sturmband
unterm Kinn. Bald hier, bald da tauchte seine
weisse Mütze wie eine aufgescheuchte Möwe
aus den Dünen auf. Von Hörnum bis List
hatte er alte Bekanntschaft erneuert und „be-
gossen." Und der Salzwind liess keine „Gespenster" aufkommen, wehte sie weg, schneller
als den Nebel, der plötzlich aus Watt und See
aufstieg und alles in einen geheimnisvollen
Schleier hüllte.

———

4.

So war es Winter geworden und war wieder
Frühling geworden. Das einsame Fremdenzimmer
hatte nie wieder Blumen gesehen. Hatten die
Stürme, die über die Insel gebraust, die „Eulen-
nester in seinem Schädel", wie Randers sagte,
weggeblasen? Hatte der tägliche Verkehr mit
den gesunden Insulanern, denen er sich in der
langen Winteröde immer mehr angeschlossen
hatte, wohltuend auf ihn gewirkt? Oder war
es Moiken, die flachsblonde Kellnerin beim Ran-

tumer Wirt und Strandvogt Brork Hansen, die
ihn vernünftig gemacht hatte?

Abend für Abend hatte er während des
langen Winters in der Rantumer Wirtsstube gesessen und sich gut und schlecht von Moiken
behandeln lassen, wie ihr gerade der Sinn stand.
Er machte ihr den Hof, machte ihr kleine Ge-
schenke, gab reichlich Trinkgeld, und sie liess
sich, wenn sie allein waren, dafür mal von ihm
küssen. Weiter ging's nicht. Er hatte seinen
Spass daran, und ihr brachte es etwas ein.

Um die Weihnachtszeit war er wieder melan-
cholisch geworden, wie immer, wenn andere
Leute den Christbaum anzünden. Und er hatte
sich ein Bäumchen verschafft, hatte es mit ein
paar Lichtern geschmückt und ins Fremdenzimmer gestellt. Das sollte ihm nun Abend
für Abend bis in die Neujahrsnacht leuchten.

Moiken war gekommen und hatte seinen
Baum bewundert. Sie hatte sich auf den Bett-
rand gesetzt, ihm zwischen die Kerzen hindurch
in die Augen geblitzt. Aber er hatte sie plötzlich weggejagt, sie versäume gewiss was in der
Wirtschaft.

„Durchaus nicht."

„Ja, doch! Geh."

Und er schob sie fast zur Tür hinaus.

Nein, das wäre doch. Unterm Tannenbaum!

Er strich das Bett glatt, wo sie gesessen

11*

hatte, löschte die Lichter und ging in sein
Zimmer hinunter.

Nachts träumte er von Moiken.

———

5.

Randers hatte sich seit Monaten nicht nach
Briefen umgesehen. Die Weihnachtsstimmung
weckte ihm das Bedürfnis danach. Er war
etwas enttäuscht, beim Leuchtturmwärter nur
zwei Briefe vorzufinden, beide von Gerdsen. Aber
wer sollte ihm auch schreiben. Er hatte sich
ja von allen zurückgezogen, er wollte es ja so.

———

6.

Gerdsen an Randers.

Sie sind also doch auf und davon, lieber
Freund. Hätten Sie doch noch drei Tage ge-
wartet. Ich kam früher zurück, als ich dachte.
Schade! Nun folg ich einstweilen Ihren An-
weisungen, adressiere diesen Brief nach List
und warte neugierig, was Sie mir aus Ihrer
Einsamkeit melden werden. Wenn Sie Ihr Block-

haus unter Dach haben, versäumen Sie nicht,
mir rechtzeitig Bescheid zu geben, damit ich
an der Richtfeier mit einem stillen Trunk teil-
nehmen kann. Die Seltenheit des Falles dürfte
Sekt rechtfertigen.

Ihr Gerdsen.

Gerdsen an Randers.

Acht Wochen haben Sie mich ohne Nach-
richt gelassen. Ich bin unruhig. Wo stecken
Sie? An oder in der See? Unter den Trümmern
Ihres Blockhauses? Als zappelnder Fisch in
den Netzen einer blonden Keitumerin? Ich
hoffe, Sie leben noch und arbeiten auf irgend
eine Weise an unserm Roman. Es wäre mir
doch sehr lieb, wenn ich an dem Faden ihrer
Erlebnisse mich weitertasten könnte und nicht
mit dem Schluss ganz auf meine Phantasie an-
gewiesen wäre. Als „Fachmann" müsste mir
nun freilich schon klar sein, wie das Gebäude
zu krönen ist. Aus dem, was ich habe, müsste
ich schon als guter Psychologe, wenn auch un-
bewusster, wie es der Dichter meistens ist, die
Konsequenzen ziehen können. Ja, ich müsste
jetzt Ihnen Ihre künftigen Wege zeigen können.
Aber ich will's Ihnen allein überlassen und aus
der Rolle des getreuen, nachtappenden Chronisten nicht heraustreten.

Die Wirklichkeit straft ja so oft alle Be-
rechnung und Psychologie Lügen. Also leben
Sie fleissig à la Randers und führen Ihr
Tagebuch für mich weiter.

Neugierig bin ich, welche Friesenmaid die
weiblichen Figuren des Romans vermehren wird.
Mich würd's schon freuen, wenn Ihre Liebe nun
zur Abwechselung einmal aus den aristokratischen Kalbsledernen in die friesischen Holzpantoffeln führe.

Adieu! Melden Sie mir wenigstens den
Empfang dieses Briefes, wenn Sie sonst auch
keinen Stoff zu einem Brief haben. Habe ich
in vier Wochen keine Antwort, rechne ich Sie
zu den Verschollenen und beende den Roman
ohne Sie und verheirate Sie zur Strafe zuletzt
mit einer ältlichen Gouvernante, die Sie jeden
Sonntag in die Kirche führt. Also!

Ihr Gerdsen.

———

7.

Randers an Gerdsen.

Dank für Ihre beiden Briefe. Mein Blockhaus ist fertig, ich auch: mit der Welt. Hier
ist's gut. Keine Weiber. Nur Moiken, die Kellnerin oder „Stütze" im Rantumer Krug, die ich

„poussiere". Aber das ist des Zeitvertreibs
wegen und um dem Mädel einen Spass zu
machen. Genügt Ihnen das für den letzten Teil
des Romans, meinetwegen! Lassen Sie Ihren
„Helden" irgendwo verbauern, sich um eine
Dorfdirne die Knochen zerschlagen, oder — es
ist mir wirklich so gleichgültig geworden. Täten
Sie mir nicht leid um Ihrer undankbaren Arbeit
willen, ich würde Sie bitten, das ganze Manu-
skript in den Ofen zu stecken. Aber so weit
wie es jetzt gediehen ist, hab ich kein Recht
mehr daran. Sie haben freie Hand. Und damit
viel Glück! Möcht's Ihnen Ruhm und Geld
eintragen.

Vor einem Vierteljahr bekommen Sie keinen
Brief wieder. Trotzdem immer

Ihr getreuer

Randers.

8.

(Tagebuchblätter.)

Dass Beethoven das Meer nicht kennen ge-
lernt hat. Sein Atem ist wie der des Ozeans.
Dieser grosszügige Wellengang seiner Melodie. Der
hätte uns eine Ozeansymphonie schenken müssen.

Dass alle unsere Grössten dem Meer so
fremd waren! Goethe, Schiller, Beethoven.

Byron, der kannte das Meer!

Und Böcklin kennt es!

*   *   *

Wie organisch die Phantasiegebilde Böcklins
sind, sehe ich an Thoma, diesem lieben, stillen,
deutschen Meister. Dem gelingen seine Bock-
füsser nicht immer, Menschen mit Ziegenbeinen.
Aber ein Böcklinscher Faun, der ist echt.

*   *   *

Ich sehe die Natur böcklinisch, d. h. in vielen
guten Augenblicken. Das macht, Böcklin ist so
wahr wie die Natur selbst, er hat sie erfasst,
hat sie in ihren Muttertiefen belauscht. Die
Natur ist böcklinisch. Nie erinnert sie mich
an Klinger, so gross der ist, so sehr ich ihn
verehre. Aber Böcklin liebe ich. Und es ist
nicht nur das Meer, die Nähe des Meeres. Neulich
auf der Dorfstrasse, die dunklen Lindenwipfeln
gegen den Abendhimmel — Farbe, Stimmung,
Musik: alles Böcklin. Oder die kleinen schwarzen
Steine, die aus den Watten herausgucken, wenn
die Flut leise heranspült, eine Möwe ruhte sich
auf dem grössten Stein: Klinger zeichnet so was
auch, ganz köstlich. Aber die Natur erinnert

mich nie an ihn. Das macht, er ist viel zu
sehr Klinger.

Böcklin: Monolog! Klinger: Dialog!

Bei dem einen redet nur die Natur, dem
Zauberstab des grossen Künstlers gehorsam.
Beim andern wird eine Unterhaltung draus, ein
Zwiegespräch. Der Künstler hat geistreiche Ant-
worten, Einwände, auch mal einen Witz. Er ist
nicht — rein. Wohlverstanden!

* * *

Welcher Blödsinn: Moderne Kunst! Echte
Kunst steht über allen Zeiten, ist i m m e r
und n i e modern.

* * *

N o r d s e e.

Ein frischer Nordnordwest mit wilden Rufen,
Er packt das Meer und zerrt es an den Mähnen.
Da schirrt es sich; da stampft's von tausend Hufen,
Viel tausend Rosse blecken mit den Zähnen;
Und lauter klatscht von seinen Wolkenstufen
Der Gott hernieder seine Peitschensträhnen;
Drauf seh, als Sporn und Stacheln Eile schufen,
Den Griesbart greinend ich hintüberlehnen.

Non est.

In dieser grenzenlosen Einsamkeit
Blüht neu in mir ein reineres Gefühl,
Und aus dem Zwang der innern Qual befreit,
Lausch ich der Wellen plätscherndem Gespühl;
Und vor mir fliegt ein weisses Mädchenkleid,
Es drängt der Locken wirrendes Gewühl,
Und wie das Sternenlicht im Schaum versprüht,
Seh ich ein Augenpaar, das mir erglüht.

* * *

Ob Gerdsen sich noch mit dem Roman quält?
Mir ist diese ganze Idee mit dem Roman schon
albern geworden. Er soll sich nicht weiter bemühen, oder es deichseln, wie er will. Wenn
er seinen Helden (sic!) mit der Komtesse Bruckner kopuliert, werden es ihm die Leserinnen
danken und der Verleger auch.

* * *

Moiken. Aber nein!
Moiken hat so was dummes, so was — sach-
liches. Ein Stück Mensch. Isst, trinkt, schläft
und ist da. Sag ich komm! kommt sie, geh! so
geht sie. Daran könnte sich eigentlich der
Mann genügen lassen. Aber da hapert's. Der
„Nichts als Mann“, ja! Aber wenn man sich
Blockhäuser baut, Blumen in ein leeres Zimmer

stellt und Verse macht — ist man da eigentlich noch Mann?

* * *

Ein Kork, der den tiefen Drang in sich
spürt, sich zu ersäufen! Ich kann mich selbst
manchmal nur ironisch nehmen. Diese verdammte Neigung über sich selbst zu grübeln.
Nicht Neigung, sondern Zwang, Verhängnis!

* * *

Des Leuchtturmwärters Frau mit ihrem Heim-
weh. Sie verbittert ihm die Einsamkeit, die ihm
Lebensbedürfnis ist. Er war früher Musiker
bei der Matrosenkapelle. Ein Sonderling, ver-
rückt! Natürlich! Ich aber verstehe ihn. Die
Frau versteh ich freilich auch. Er wird ihr eines
Tags nachgeben und seinen Posten quittieren,
wieder unter die Leute gehen. Es ist immer
die Frau, die den Mann sich nicht ausleben
lässt, so oder so. Sie tut mir übrigens leid.

* * *

Die Musik, vor allem die nordische, kann
einen so weit bringen, Leuchtturmwächter zu
werden. Musik, diese Allerweltssprache, die
jeder versteht; sie sollte also verbinden, aus-
gleichen. Mich aber isoliert sie. Ein Beet-
hovensches Adagio isoliert mich, führt mich

ganz auf mich selbst zurück. Ich möchte nach jeder Musik, die mich völlig ergriffen hat, in die Einsamkeit.

*　　*　　*

Das Schauspiel der intelligenten, geistvollen Schriftsteller, die gerne Dichter sein wollen. Aber das ist ihnen versagt. So ein reines einfaches Gemüt, das an intellektuellem Besitz nicht den zehnten Teil in die Wagschale zu werfen hat, findet Töne, die einen den ganzen Geistreichtum der andren vergessen lassen, als etwas von dieser Welt. Jene Töne aber stammen aus einer Welt, für deren Seligkeiten alle Päpste und Könige dieser Welt ihre Kronen und Throne geben würden.

*　　*　　*

Dichter und Propheten, ihnen ist der Himmel offen.

*　　*　　*

Schaffenslust und Schaffensqualen. Ja, aber so aus dem Vollen schaffen können, diese göttliche Freude, diese fröhliche Göttlichkeit, wiegt das nicht alle Qualen auf? Aber dagegen die Qualen der Halben, die nur ein versprengter Tropfen des heiligen Öls traf. Wollen, wollen und nicht können. Glühen, aber es wollen keine Flammen werden.

* * *

Das denk ich mir die grösste Vaterfreude: einen Sohn haben, in dem das, was in einem glühte, Flamme ward. In dem hellen leuchtenden Tag seine Nächte und Träume wiedererkennen, seine gebärenden, schmerzlichen Nächte.

* * *

Wenn ich von Fides träume, ist es immer dieselbe Situation. Wir gehen zusammen durch ein reifes Kornfeld. Der Himmel glüht in einem sanften Abendrot. Wir sprechen nicht, gehen nur stumm nebeneinander, bis sie allmählich wie ein Schatten vor mir entschwebt, nach der Seite hin wegrückt. Wie die Entfernung wächst, ihre Gestalt undeutlicher wird, wächst eine seltsame Angst in mir; ich will ihr zurufen, aber die Stimme versagt. Schon drei- oder viermal hatte ich diesen Traum. Nur einmal vermischte sie sich mit Moikens Bild, und ich trank ihre Küsse von Moikens Lippen.

Im Rantumer Krug waren Gäste eingekehrt. Moiken hatte alle Hände voll zu tun, als auch Randers nach einer langen Dünenwanderung etwas ermüdet eintrat. Im Gastzimmer sassen ein paar Männer von Rantum beim Kaffeepunsch; im Hinterzimmer, der guten Stube mit den weichen Polstermöbeln, sass eine Dame vor einem Teller mit Spiegeleiern.

Randersens erster Gedanke war: Spiegeleier? Sieh, darauf hättest du auch Appetit.

Aber dann nahm ihn natürlich die Dame ganz in Anspruch. Eine Fremde? Um diese Zeit?

Er stand ein paar Sekunden unschlüssig in der Tür, zwischen den beiden Zimmern. Er sah sich nach den Kaffeepunschtrinkern um.

Das war ja Jens Petersen Dirks.

„Tag, Herr Dirks!"

Er sagte das so laut, dass die Dame, die nach einem flüchtigen Blick auf ihn ihre ganze Aufmerksamkeit wieder den Eiern zugewandt hatte, ihn verwundert ansah.

Moiken kam aus der Küche mit einem Teller voll Butterbrot für die Rantumer.

„Sagen Sie mal, kann man Spiegeleier bekommen?" fragte er, lauter als notwendig war.

Er ging händereibend auf sie zu und trat auf, als ob er kalte Füsse hätte.

Er setzte sich an einen freien Tisch, stand
aber gleich wieder auf.

„Wollen Sie mir's da hineinbringen, Moiken?"

Er ging ins andere Zimmer.

„Gnädiges Fräulein erlauben?"

Er schnarrte wie ein Leutnant, machte zwei
kurze schnelle Verbeugungen und liess sich
an einem Nebentisch nieder.

Die Dame sagte nichts, warf nur einen kurzen,
forschenden Blick zu ihm hinüber.

„Warm heute draussen, gnädiges Fräulein."

Es klang beinah hastig.

Sie hatte gerad ein Stückchen Brot in den
Mund geschoben und konnte nicht gleich antworten, als Moiken hereintrat und ihm etwas
ins Ohr sagte.

Randers sprang sofort auf.

„Ach, ich bitte um Entschuldigung. Das
wusste ich nicht," schnarrte er.

„Bitte sehr, ich habe kein Recht, Sie hier
zu vertreiben," sagte die Fremde.

Aber Randers zog sich mit einer Verbeugung
ins andere Zimmer zurück.

„Wer ist denn das?" fragte er Moiken.

Moiken setzte sich einen Augenblick ihm
gegenüber.

Sie zuckte mit den Achseln.

„Von Wenningstedt. Sie sagte, ob wir nicht
ein Zimmer hätten, wo sie allein essen könnte."

„Schon lange hier?“

„Halbe Stunde vielleicht.“

„Will sie noch weiter?“

Moiken wusste das nicht.

Randers ass seine Eier und horchte auf jedes Geräusch im Nebenzimmer. Jetzt legte sie die Gabel hin. Jetzt klirrte etwas an ihr Glas. Sie schenkte sich ein. —

Ich habe nicht das Recht, Sie zu vertreiben. Eine Stimme hatte das Frauenzimmer. Er war ein Narr, dass er nicht geblieben war.

Wenn er sich den Ton ihrer Worte zurückrief, so schien ihm etwas von einer versteckten Aufforderung zum Bleiben darin zu liegen.

Er winkte Moiken heran.

„Wo wohnt sie in Wenningstedt?“

Moiken wusste von nichts.

„Können Sie nicht mal fragen?“

Moiken antwortete nicht darauf.

Randers begann eine laute Unterhaltung mit den Rantumern. Sie schrieen sich an, als sässen sie weit getrennt.

Nach fünf Minuten wurde vom andern Zimmer aus die Tür zugemacht. Die Rantumer achteten nicht darauf, aber Randers lief rot an. Es war ihm die ganze Zeit schon selbst aufgefallen, wie laut er sich benahm, aber ein gewisser Trotz, oder war es Nervosität, hatte ihn dabei beharren lassen.

Jetzt ärgerte er sich. Was wird sie von dir denken?

Aber dann lächelte er.

Was liegt dir daran? Wer ist sie? Hatte sie ein graues Kleid an oder ein braunes? Hatte sie eigentlich einen Hut auf? Du weisst gar nichts von ihr, nicht einmal ob sie hübsche Augen hat. Nur die Tatsache, dass sie Dame ist, eine Fremde, etwas in einem Sinne also Geheimnisvolles, genügt, dich so aufzuregen.

„Moiken, soll ich eine Zigarre haben," schrie er von seinem Sitze aus in die Küche hinein, deren Tür Moiken immer offen liess.

„Ja, gleich, nehmen Sie man," klang es zurück.

Er ging an das Büffet, nahm eine Zigarre aus dem Kistchen, von den leichten; er brauchte drei Streichhölzchen, bis sie endlich brannte.

Die Rantumer erhoben sich geräuschvoll und gingen.

Gott sei Dank! Nun war er allein. Ob sie auch bald gehen würde? Das wollte er abwarten, auf jeden Fall, und wenn er eine Stunde warten sollte.

Auf einmal hatte er einen Einfall. Er ging mit der brennenden Zigarre ins Nebenzimmer.

„Gnädiges Fräulein gestatten?"

Sie war ein klein wenig verwirrt in die Höhe gefahren. Vielleicht hatte sie geruht; in der Sofaecke? Gelesen? Geschlummert?

Sie hatte grosse dunkle Augen und war blond.

Das sah Randers flüchtig, als er an die grosse Wandkarte vom alten Sylt, die hier aufgehängt war, herantrat. Er tat, als suche er etwas auf der Karte, während hinter ihm mit dem Zeitungsblatt geknittert wurde; ungeduldig, nervös, wie es ihm schien.

Er hatte Zeit. Aber er konnte doch nicht eine Viertelstunde vor der Karte stehen bleiben.

„Die Unterhaltung wurde Ihnen wohl zu lärmend, gnädiges Fräulein," sagte er, sich umwendend. „Die Leute sind es hier nicht anders gewohnt. Man spricht sehr laut hier."

„Ja, das merkte ich schon."

„Gnädiges Fräulein sind schon lange auf der Insel?"

„Seit ein paar Tagen."

„Gnädiges Fräulein gestatten?"

Er zog einen Stuhl heran.

Sie sagte nicht ja und nicht nein, und er setzte sich.

„Sie wohnen in Westerland?"

„Westerland? Nein."

Sie war verdammt einsilbig, und ihre Blicke gingen wiederholt nach der Tür. Jetzt schlug sie gar mit der Gabel laut ans Glas.

„Sie befehlen?"

Er sprang auf. Aber Moiken trat schon ein.

„Was bin ich schuldig?" fragte die Fremde.

Randers war taktvoll genug, sich wieder an die Wandkarte zurückziehen.

Er war blutrot und ärgerte sich.

Er war gehörig abgeblitzt.

Was jetzt?

Er musste bleiben, bis sie ging. Er konnte doch nicht jetzt aus dem Zimmer gehen. Er setzte sich an den Nebentisch und sah in die Zeitung.

Die Fremde hatte sich erhoben und liess sich von Moiken den Regenmantel umlegen.

„Famose Figur," dachte Randers, über die Zeitung hinwegsehend. „Donnerwetter! Und diese stolze Anmut, diese Sicherheit."

Moiken, die ihm gerade bis an die Schulter reichte, reichte der Fremden eben bis an die Nasenspitze.

Randers stand auf.

Mit diesem königlichen Wuchs musste er sich messen.

Er ging hart hinter ihr vorbei ans Fenster. Sie war fast so gross wie er. Ein ganz leichter Blumenduft ging von ihr aus. War es Veilchen oder Maiblume?

Ihr Haar, im Nacken leicht gekräuselt, war ganz goldig, da gerade die Sonne drauf fiel.

Draussen auf dem Holzhaufen im Hof spielten ein paar junge Kätzchen. Immer lag das weisse nach kurzem Kampfe auf dem Rücken. Das

12*

gefleckte kugelte es mit einem Schlag seines kleinen Pfötchens in den Sand. Dem konnte Randers sonst lange zusehen. Auch jetzt amüsierten ihn die Kätzchen, trotzdem er mit seinen Gedanken nur bei der schönen Fremden war, deren Regenmantel hinter seinem Rücken rauschte.

Als die Fremde ging, mit einer stummen, kaum merklichen Neigung des Kopfes, folgte er ihr nicht gleich vor die Tür. Er sah ihr einen Augenblick aus dem Fenster des Gastzimmers nach, wie sie langsam den Wiesenweg an die Watten herunterging und rechts um das Haus hin verschwand.

Dann erst trat er vor die Haustüre, ging denselben Weg, blieb stehen, sah ihr nach, kehrte langsam wieder um und schlug den Weg in die Dünen ein.

———

10.

Randers ging am Aussenstrand.

Ob sie nach der Bake will? Dann triffst du sie.

Oder auch nicht.

Eigentlich hätte er ihr nachgehen sollen. Sie hatte doch nicht allein das Recht, an der Wattenseite zu gehen.

Warum war er ihr nicht nachgegangen? Er
war doch sonst nicht änglichst in solchen Sachen.
Warum gerade jetzt?

Er kletterte zweimal auf die Dünen hinauf
und hielt Rundschau. Aber keine Spur von
einer Dame. Ein paar Dünenschafe jagte er
auf, das war alles.

Du bist ein Narr!

Vielleicht ist sie längst wieder auf dem
Rückweg.

Aber er lief doch bis Hörnum Odde, ganz
bis an die äusserste Spitze. Er war tatsächlich
schon im Laufen. Der glatte Strandsand bot
während der Ebbe dem Fussgänger keine
Schwierigkeit. Aber Randers wurde doch warm.
Er nahm seine Mütze ab und sah dabei, dass
sie schon recht schmutzig war; sie war so
schön weiss gewesen, leuchtend.

„Das geht doch nicht," sagte er laut. Er
setzte die Mütze wieder auf, schob sie ganz in
den Nacken und stapfte weiter.

Der Sand ward tiefer, und Randers musste
„storchen", dabei schlenkerte er mit seinen
langen Armen, als wäre er besonders unter-
nehmungslustig. Er dachte aber nur, ob er
sich nicht heute Nachmittag schon in Westerland eine neue Mütze kaufen solle. Ja, das
wollte er!

Der Entschluss schien ihn zu beruhigen.

Er schlenkerte nicht mehr so heftig mit den Armen. Und dann begann er zu singen.

„Winterstürme wichen dem Wonnemond.“

Als er nach Rantum zurückkehrte, hörte er, die Dame sei nach einer halben Stunde wieder vorbei gekommen, in die Dünen hineingegangen und wäre wahrscheinlich am Strand nach Wenningstedt zurückgegangen.

Randers lächelte kaum merklich. Dumm, dachte er. Aber er war doch nicht so sehr ärgerlich. Nur etwas müde war er geworden und beschloss infolgedessen, die Mütze erst morgen zu kaufen.

Er betrachtete die alte noch einmal, zeigte sie Moiken und meinte:

„Was sagen Sie zu der Mütze?“

Moiken wusste nicht, was er wollte.

„Ist sie nicht schon recht schmutzig?“ fragte er.

„Die ist noch lange gut,“ meinte Moiken.

Randers setzte die Mütze auf, zog das Sturmband unters Kinn und trat vor den kleinen Wandspiegel. Er drehte den Kopf wie ein eitles Frauenzimmer.

„Ach nee,“ sagte er, „das geht nicht!“

Er warf die Mütze auf den Tisch und setzte sich vor die Suppe, die Moiken ihm aufgetragen hatte. Er ass in der Regel im Krug zu Mittag.

Moiken setzte sich zu ihm. Sie roch nach Kaffeepunsch, den ihr ein Gast gespendet hatte.

Randers war heute empfindlich, mochte diesen Kaffeepunschatem nicht. Ihr breites, gutes Gesicht mit den vollen, sinnlichen Lippen kam ihm gewöhnlicher als sonst vor:

„Willst du dich nicht 'n bisschen schlafen legen?" fragte er.

Er duzte sie oft.

„Schlafen?" fragte sie verwundert.

„Du hast ja Punsch getrunken."

Sie lachte laut auf.

„Ach, das tut mir nichts."

„Du trinkst wohl oft mal so einen heimlichen?"

„Sie glauben auch wohl."

„Na, na!"

„Aber was ich sage!"

Sie war wirklich entrüstet.

Er lachte gutmütig.

„Lass gut sein. Ich scherz ja nur."

Nach dem Essen konnte er sich nicht enthalten, ihr rundes Gesicht, das wirklich ein wenig glühte, zwischen beide Hände zu nehmen.

Sie wehrte sich, aber es half ihr nichts, ihr Kopf sass wie zwischen dem Schraubstock.

„Wie 'n Backofen," sagte er und bog ihr den widerstrebenden Kopf nach hinten.

„Jetzt bekommst du einen Kuss, Moiken,“
sagte er.

Aber es wurden zwei.

———

11.

Ausleben, nicht absterben!

Randers kaufte beim Gärtner in Westerland
ein paar rote Astern und stellte sie wieder oben
hinauf, ins Fremdenzimmer. Er lächelte dabei,
ein wenig spöttisch:

„Ob sie wohl kommen wird?“

Aber es ward aus dem Lächeln doch zuletzt
ein befriedigtes Schmunzeln.

Es war ja auch auf seinem Programm. Das
Bauer war fertig, den Vogel musste er noch
fangen. Aber einen Wildvogel. Ein verstecktes
Dünennest, und der Sturm darüber hin. Und
ab und zu ein Ausflug zu zweien.

Auf seinen einsamen Wanderungen durch
die Dünenwildnis ging sie neben ihm, das Weib
seiner Sehnsucht. Im Sand des umschäumten
Strandes lag sie an seiner Seite, und ihre Gedanken waren seine Gedanken. Und wenn er
sich abends müde in das Dunkel seines Blockhauses hineintappte, und dann die Lampe auf-
flammte, ward er wieder munter in der Stille

dieser vier einsamen Wände, die ihm mit der Eindringlichkeit stummen Fragens immer auf das eine zurückwiesen: Wo bleibt sie?

War es denn wirklich nur Freiheitsdrang, Einsamkeitsliebe, was ihn in die Wildnis getrieben hatte? War es nicht vielleicht eine besondere Art Verrücktheit von Erotomanie, die ihn dieses ganze Phantasiegebäude von Dünen- und Blockhausromantik um das „Weib" hatte aufbauen lassen, das Weib, wie er es träumte, und wie es nicht da war auf dieser Welt?

———

12.

Der Himmel war wolkenlos, nur am Horizont war eine leichte, milchige Trübung. Das Meer war stahlblau und nur schwach bewegt. Es war völlige Windstille. Ruhig, in breiten, schaumlosen Wellen hob sich die Flut. Erst dicht vor dem Strand setzten die Wellen ihre weissen Mützen auf, ohne die sie ihm nie einen Besuch machten.

Es war gegen Mittag, Randers lag auf der Terrasse des roten Kliffs und war ärgerlich, trotz der schönen neuen weissen Mütze. Etwas auch gerade infolge dieser Mütze. Er log sich nie auf die Dauer etwas vor, gestand sich mit der Zeit alle seine Schwächen ein. Er wusste auch jetzt ganz gut, dass er ohne jene spiegeleieressende Fremde noch heute mit der alten schmutzigen Mütze herumliefe.

Und nun hatte er wieder dieser Fremden wegen einen weiten Weg vergeblich gemacht.

Nein, das konnte er nicht sagen. Ganz vergeblich nicht. Er hatte in Wenningstedt erfahren, wo sie wohnte, wie sie hiess, woher sie war, und wohin sie heute morgen gegangen war.

Und vor allem — sie hatte auf unbestimmte Zeit Wohnung genommen und durchblicken lassen, dass sich ihr Aufenthalt möglicherweise bis Mai oder gar Juni verlängern könne. Sie wolle nach ihrem Gefallen leben und frei sein. Daher war sie vor der Saison gekommen. Auf vier Wochen hatte sie erst einmal fest gemietet.

So viel Grund hatte Randers, zufrieden zu sein, aber der eine Umstand, dass er ihr nach Kampen, bis zum Leuchtturm, nachgelaufen war und sie wieder verfehlt hatte, stimmte ihn augenblicklich ärgerlich. Die Insel war doch verdammt gross, wenn es galt, jemand „zufällig" zu treffen. Es könnte ganz gut ein Vierteljahr vergehen, während dessen sie immer zwischen den Dünen hinter einander herliefen, um einander herum, nur durch einen Sandhügel getrennt, ohne sich zu treffen. Beide störten vielleicht dieselbe Schafherde aus ihrer Verdauungsruhe. Der Hase, den er aufscheuchte, jagte ihr vielleicht hinter der nächsten Düne einen Schrecken ein. Ja, das war alles möglich.

Der Gedanke machte ihn ganz nervös. Er würde sie nie treffen, wenn er nicht heute in Wenningstedt bliebe, in ihrem Hotel übernachtete und sich ihr morgen beim Frühstückskaffee vorstellte.

Fräulein Lorenzen aus Tönning. Randers war in Tönning bekannt. Da war der reiche Weinhändler Lorenzen. Aber der hatte nur verheiratete Töchter. Vielleicht eine Nichte von ihm. Der Weinhändler hatte einen Bruder in Hamburg, einen Reeder.

Randers war geneigt, die Dame für Fräulein Lorenzen aus Hamburg zu halten. Jedenfalls reiche Reederstochter, Senatorstochter. Patrizierblut. Alter Hanseatenadel.

Randers lag in der Sonne und ärgerte sich. Er lag auf dem Rücken, die Mütze übers Gesicht gezogen, so dass er nur eben unter dem Schirm auf den rötlich flammenden Sand blinzeln konnte. Alle Augenblicke nahm er eine Handvoll Sand und warf sie über den Rand der Terrasse in die Luft. Dann wälzte er sich auf die Seite, liess den feinen blitzenden Sand durch die hohle Rechte auf den Rücken der linken Hand rieseln, mit unendlicher Ausdauer und finsteren Mienen. Plötzlich nahm er ganze

Hände voll Sand und warf sie über die Terrasse
in die Tiefe, immer mehr, immer schneller, der
grosse Junge, der er war.

———

13.

Randers hatte im Hotel zu Mittag gegessen
und schlürfte seinen Kaffee auf der Veranda,
als er hinter sich im Speisesaal ihre Stimme
hörte. Sie beklagte sich beim Wirt halb ärgerlich, halb belustigt, dass sie sich umkleiden
müsse. Irgend jemand hätte sie vom roten
Kliff herab mit Sand förmlich überschüttet.

Randers war betrübt, entsetzt. Er unterdrückte einen Fluch.

Er horchte, aber er verstand nichts weiter.
Gut. Sie ging wenigstens.

Er wollte den Wirt rufen und zahlen. Aber
der würde ihm natürlich die grosse Neuigkeit
erzählen. Fräulein Lorenzen mit Sand bom-
bardiert! Was sollte er dazu sagen, für ein
Gesicht machen? Er würde sich verraten, sie
erführe es, und es wäre aus, alles aus! Adieu!

Er schwang sich über die niedere Brüstung
der Veranda und lief in die Heide hinaus.

———

14

Randers hatte nach Wenningstedt wollen. Er musste die Sache mit dem Wirt ordnen. So davon zu laufen, ohne zu zahlen. Aber Randers konnte an diesem Nachmittag nicht nach Wenningstedt. Der Nebel wollte es nicht, der leichte, ziehende Nebel, der sich ganz plötzlich erhoben hatte! Der Himmel war noch klar, aber Strand, Watten, See, alles war in diesem weisslichen Nebelmeer ertrunken.

Dumm! sagte Randers laut.

Ob er in den Krug ginge? Dahin fände er auch durch den Nebel.

Am Ende war es ein ganz netter Schreib und Leseabend. Er könnte auch zu Hause bleiben. Die neuen Maeterlincks lagen noch unaufgeschnitten da und der letzte d'Annunzio, „Triumph des Todes."

Er warf einen Blick in den Roman, schlug achtlos eine Seite auf:

„Sein Herz schwoll vor verworrener Sehnsucht nach physischer Kraft, nach siegreicher Gesundheit, nach einem Leben voll fast wilden Genusses, nach einfacher unverbildeter Liebe, nach der grossen, ursprünglichen Freiheit. Er empfand wie ein augenblickliches Bedürfnis, die alte Hülle, die ihn bedrückte, zu zerbrechen und ihr als ein gänzlich neuer Mensch zu ent-

steigen, frei von allen Nebeln, die ihn betrübt,
von allen Gebrechen, die ihn behindert hatten.
Er hatte die verführerische Vision eines zu-
künftigen Daseins, in dem er, erlöst von allen
verhängnisvollen Eigenschaften, von aller äusseren
Tyrannei, von jedem traurigen Irrtum, die Dinge
sah, als ob er sie zum erstenmale sähe und vor
sich das ganze weite Weltall hatte, offen wie
ein menschliches Angesicht. Konnte denn das
Wunder nicht von diesem jungen Weibe kommen,
das an dem Steintisch unter der stillen Eiche
das neue Brot gebrochen und mit ihm geteilt
hatte? konnte es denn nicht an diesem Tage
beginnen, das neue Leben?“

Das hielt ihn.

Randers steckte die Lampe an. Er wollte
lesen.

Das neue Leben von diesem Weibe?

Er wollte gerade die Fensterladen schliessen
als es draussen klopfte. Der wackelige Türgriff klirrte, und die Tür knarrte, als würde sie
zögernd geöffnet.

Randers trat mit der Lampe in der Hand
auf den Flur hinaus und sah erstaunt in das
ebenso erstaunte Gesicht Fräulein Lorenzens.

„Verzeihen Sie,“ sagte sie, „ich sah hier
plötzlich ein Licht aufleuchten. Man sieht keine
Hand vor Augen draussen. Ich finde mich nicht
zurecht.“

„Sie sind dicht vor Rantum,“ sagte er,
immer noch verwirrt.

Sie lachte.

„Höchst erfreulich. Aber ich sehe es nicht.“

Sie war seiner Einladung ins Zimmer ge-
folgt. Sie war ganz durchnässt vom Nebel, und
er sah an ihrem Kleid Spuren von feuchtem
Sand. Sie musste gefallen sein.

„Sie entschuldigen diesen Aufzug,“ sagte
sie, „ich bin wohl sechsmal gestolpert.“

„Sie haben sich doch nicht verletzt?“

Sie besah ihre Hände, die ohne Handschuhe
waren.

„Ein paar Schrammen,“ lachte sie.

„Ich hole Ihnen Wasser. Darf ich Ihnen
irgend etwas geben? Sie können in dem Nebel
nicht weiter.“

„O danke, bemühen Sie sich nicht. Wenn
ich nur bis Rantum komme.“

„Es klärt sich gewiss noch auf. Aber ich
bringe Sie noch hin.“

„Wenn es sich noch aufklärt, und Sie erlauben, dass ich verweile?“

Sie liess sich auf dem angebotenen Sofa-
platz nieder.

Er sah, dass sie verwundert war, eine solche
Behausung hier zu treffen.

„Mein Blockhaus,“ sagte er.

„Das ist ja märchenhaft. Sie wohnen hier?“

„Seit dem Herbst.“

„Das muss köstlich sein.“

„Wenn man Einsamkeit liebt.“

Sie sah ihn forschend an. Er wurde rot unter diesen Blicken. Seine Sünde vom roten Kliff fiel ihm plötzlich ein.

„Ich bin auch hierhergekommen, um die Einsamkeit zu suchen,“ sagte sie, „ich habe sie ja auch in Wenningstedt, jetzt noch, so lange keine Badegäste kommen.“

„Ja, die Badegäste!“

„Aber dies ist wirklich beneidenswert. Und Sie werden länger hier hausen?“

„So lange es mir gefällt.“

„Und ganz allein?“

Er zuckte die Achseln.

„Was soll man machen? Die schönste Einsamkeit ist freilich die zu zweien.“

„Meinen Sie?“

Er lächelte etwas verlegen.

„Einsamkeit will sprechen,“ sagte er.

Sie hatte gedankenlos mit dem Roman gespielt und warf jetzt einen flüchtigen Blick auf den Titel.

„Mögen Sie den?“ fragte sie.

„Sie nicht?“

„Nein. Er quält mich. Er füttert einem zu Tode. Zu masslos. Man schenkt eine Rose, einen Strauss, aber man schüttet einem nicht einen Waschkorb voll Rosen über den Kopf,

wenn man nicht die Absicht hat, einen angenehm zu ersticken.“

Er lachte.

„Sie haben nicht unrecht.“

Sie wurde wieder unruhig, sah nach der
Uhr und warf einen Blick nach dem Fenster.

„Wie soll ich nach Wenningstedt kommen,
wenn der Nebel nicht nachlässt?“

„Übernachten Sie in Rantum.“

„Kann man denn das?

„Gewiss!“

Er stiess den Laden auf. Sie sahen beide
ins Graue; ein dicker, undurchdringlicher
Nebel.

„Er ist stärker geworden,“ sagte er.

Sie schwieg und sah ratlos in die graue
Dunstmasse.

„Es ist nicht weit bis Rantum?“

„Eine halbe Stunde. Freilich, in diesem
Nebel geht’s nicht so schnell.“

„Entsetzlich!“

Es kam aus tiefstem Herzen, aber sie lachte
doch dabei.

„Wollen Sie durchaus nach Rantum, bringe
ich sie hin,“ sagte er, „aber wenn ich Ihnen
dienen darf, ich habe oben ein freies Zimmer,
ein Fremdenzimmer, ganz komfortable.“

Er war ganz rot.

„Aber nein,“ rief sie ungläubig aus.

„Aber doch! Es hat's noch niemand be-
nutzt. Wenn Sie ihm die Weihe geben wollen.
Es ist alles vorhanden, dessen Sie bedürfen
könnten, wenigstens für eine Nacht.“

Sie wurde etwas verlegen. Aber dann sagte
sie nach kurzem Besinnen „ja“.

„Welch ein Abenteuer!“

„Eine Nacht in Nebelheim,“ scherzte er.

15.

(Tagebuchblätter.)

Der Strandvogt, dieser Hüne, scheint mir
ein wenig unter dem Pantoffel seiner Frau zu
stehen. Wenigstens überlässt er ihr das Regi-
ment. Die schwerfällige Kraft räumt der rührigen,
feineren Intelligenz freiwillig das Feld. Aber
sie muss ihn zu nehmen wissen und ihn sanft
leiten. Bei einem ernsten Zusammenstoss zieht
sie trotz allem den kürzeren, denn seinen
Kopf hat er auch und nicht nur die Fäuste,
ihn durchzusetzen. Eigentlich ein sehr glückliches Verhältnis.

✶ ✶ ✶

War das ein Sturm gestern Abend. Der
Schwede mit seiner Schieferladung sitzt da gut.

Ordentlich eingerammt in den Sand. Muss doch mal wieder nachsehen, was noch zusammenhält von dem Kasten. Wie die Säcke rutschten die Kerle an dem Rettungstau durch die Brandung. Der eine hatte sich alle Finger bis auf die Knochen durchgeschnitten. Der Schiffsjunge war halb tot. Armer Bengel! Es war seine erste Reise von Muttern weg.

Da muss man den Strandvogt sehen. Ruhig, umsichtig, den stärksten Sturm mit der Gewalt seiner Lungen überbrüllend. Es ist doch etwas herrliches um die physische Manneskraft, wenn sie mit Mut und Unerschrockenheit verbunden ist. Nur kein Athletenkram, keine Krafthuberei. Der stärkste Mann der Welt! Preisochse!

*   *
*

Die See geht noch immer hoch. Aber es ist ein prächtiger, himmelblauer Tag. Die See gleisst. Ganz köstlicher Anblick, diese gleissende See, ein flüssiges Metall. Von Hörnum Odde aus die Brandung gesehen, weit hinten in der See, wie sie über die Sandbank schäumt.

Böcklinsche Meerweiber natürlich darin, weisse Leiber, in der Sonne leuchtend, triefende Arme, Gelächter, wie wenn Wellen über Muscheln spielen. An den feuchten Haaren reissen sie sich einander zurück, balgen sich, toll ausgelassen.

13*

O hinein, hinein unter diese brandenden
Leiber, ein tollender Triton, urfrische Sinnes-
freude.

*   *   *

Famoses Weib. Muss doch aufspüren, wo
sie sich eingenistet hat. Diese Figur, diese
imponierende Zurückhaltung. Einfach abge-
wimmelt. Nach allen Regeln.

*   *   *

Ganzen Tag auf der Suche. Bin ich in
Hörnum, sitzt sie natürlich in List. Muss sie
direkt in Wenningstedt abwarten.

*   *   *

Fräulein Lorenzen aus Tönning. Sie will
bleiben, so lange es ihr gefällt, will Einsamkeit.
Fräulein Lorenzen aus Tönning, ich suche Sie,
wir gehören zusammen.

*   *   *

Natürlich, so muss es sein. Sie sitzt da
unten, und ich bombardiere sie nichtsahnend
mit Sand. Und diese alberne Flucht aus dem
Hotel, wie ein Dieb übern Zaun. —
Ich schlafe nicht, ich wache nicht, ich träume
nur, und nur von ihr. Es ist auch zu einsam
hier, man muss etwas haben, was einen beschäftigt, einen ausfüllt. Der Mensch muss

immer hinter etwas her sein, soll er das Leben
ertragen, hinter einem Weib, einem Ideal, einem
Orden, einem Lotteriegewinn.

* * *

Wenn man so im Dünensand liegt, der Wind
geht über einen weg, und um einen herum
rieselt's, rieselt's, rieselt's so ganz sachte, alle
die tausend feinen Körnchen in Bewegung. Und
man liegt und liegt und denkt nichts, als dass
man so liegt und nichts denkt, und dass der
Himmel so blau ist, und dass das die Brandung
ist, was so monoton ins Ohr schlägt. Und
plötzlich fängt der Magen an zu knurren, will
nicht länger so liegen, hat Hunger. Aber man
hält's eine Weile aus, man liegt gerade so schön,
und dann steht man endlich doch auf, weil der
Hunger gar zu gross wird — das ist eine sehr
gesunde Art, den Tag hinzubringen.

* * *

Da bauen sie Buhnen ins Meer, das ganze
Jahr hindurch flicken sie daran herum. Immer
der Reihe nach wieder von vorn an. Der blanke
Hans schlägt die Zähne hinein, hat immer
Hunger. Da schieben sie ihm so eine Buhne
in den Rachen, da, knabbere dran. Inzwischen
schwemmt's an, weht's an, der Strandhafer hält's
fest, das Land wächst, die Dünen wachsen, und

der Hans knurrt dazu. Knurr nur. Hilft dir
nichts. Aber dann wird er mal wild, brüllt,
springt ans Land, fuchtelt mit den Armen, und
sein langer weisser Bart weht über den Dünenkamm.

Trutz blanker Hans!

      •   •   •

Also doch! klopft bei mir an, mein Gast.
Ich wälze mich schlaflos, steh auf, wandere
umher, horche hinauf. Und oben schläft Fräulein
Helga Lorenzen aus Tönning. Und draussen
kichern die Sterne, ein richtiges Kichern.

Bis neun Uhr hielt der Nebel an, der gesegnete Nebel. Da war's zu spät für Wenningstedt. Gott sei Dank!

Sie machte den Abendtee, kochte den Morgenkaffee, und war so ganz unbefangen. Diese schönen
Hände. Helle Holstenaugen, klar und klug. Aber
manchmal zittert's so eigen darin, als wollte
was aus der Tiefe der Seele aufsteigen.

Also nicht Tönning, sondern aus Bremen.
Nur Verwandte in Tönning. Reiche Zigarren-
fabrikantentochter aus Bremen. Heirat mit einem
schneidigen Assessor aus dem Weg gegangen.
Gouvernante, Schauspielerin, jetzt berufslos. Sie
muss also Geld haben. Gage erspart. Übrigens
ist sie mündig und wird über Vermögen zu ver-
fügen haben. Gefällt mir ausnehmend, dieser

Bruch mit der Tabaksfamilie. Dem Assessor davongegangen. Auf eigenen Füssen. Ibsenweib.

*   *   *

Fräulein Helga gesehen. Wir sehen uns jetzt täglich. Ist das ein Mädchen! Sie hat Vermögen und will vorläufig „ohne Engagement" leben; Freiheit, die auch ich meine. Reisen, Einsamkeit, Reisen. Nächstes Jahr will sie nach Schottland. Wenn sie will, geh ich mit.

16.

Randers sass auf dem Schwedenwrack, und Helga lag zu seinen Füssen im Sand. Überall lagen die Scherben der gestrandeten Schieferplatten umher.

Helga hatte mit einem Stückchen Muschelkalk Randers Profil auf ein grösseres Schieferstück mehr gekratzt als gezeichnet.

„Getroffen?"

Sie hielt's ihm hin, und er beugte sich zu ihr hinab.

Er lachte.

„Aber nein!"

Sie lachte mit und schleuderte den Schieferscherben mit kräftigem Wurf nach den Wellen. Er kam freilich nur halb hin.

„Warum zeichnen Sie garnicht mehr?“ fragte
er. „Sie haben mir Ihr Skizzenbuch noch nicht
wieder gezeigt.“

„Ich bin dieser Dilettanterei satt. Was soll
ich hier zeichnen? Das Meer? Man schämt
sich hier seiner Unzulänglichkeiten mehr als
anderswo.“

„Es ist so,“ sagte Randers und dachte an
die Verse, die er gestern gemacht hatte und
die er gerne vorgelesen hätte. Jetzt verging
ihm der Mut dazu.

„Wollen Sie nie wieder zum Theater zurück?“
fragte er.

„Nein, es ist nicht mein Beruf.“

„Sollten Sie sich nicht täuschen? Ihre Hedda
Gabler gestern —“

„Die habe ich gespielt, mich ganz hinein-
gespielt, und so las ich sie Ihnen gestern über-
zeugend. Die liegt mir auch, Ibsen überhaupt.
Aber sehen Sie, es treibt mich nicht, hält mich
nicht. Ich habe mir selbst den Beweis geben
wollen, dass ich etwas könne, etwas war es
auch Trotz gegen meine Familie. Aber ich
habe kein Theaterblut. Und der Kunst muss
man ganz gehören, mit allen Fasern, wenn man
ihr dienen und sich nicht dabei verlieren will.“

Er schwieg einen Augenblick.

„Aber Sie sind doch eine Künstlernatur,“
sagte er dann.

„Weil ich eine Seele habe?“

„Sie haben doch auch Talent.“

„Ja, ein paar Talente. Ich singe, schauspielere. Und weil ich eine lebendige Seele habe, kommt auch etwas dabei heraus. Andere würden zufrieden damit sein und sich ein bescheidenes Häuschen mit allerlei Ruhmesflitter daraus aufbauen. Ich aber will kein Häuschen, ich will ein Haus mit einem stolzen Turm darauf. Und dazu reicht's nicht.“

„Sie sind zu bescheiden.“

„Ich kenne mich und richte mich ein. — Und dann hab ich's ja nicht nötig,“ setzte sie leiser hinzu.

„Aber Naturen wie Sie müssen doch einen Beruf haben, eine Aufgabe!“

„Das sagen Sie?“

Es klang wie Spott.

Er errötete.

„Ach ich. Ich bin verfehlt, verpfuscht.“

„Und wer trägt die Schuld?“

„Ich selbst natürlich.“

Sie sagte nichts und malte mit der Hand Kreise in den Sand.

„Etwas natürlich auch die Verhältnisse,“ setzte er hinzu.

„Die muss man meistern.“

„Das geht nicht immer.“

„Man muss wissen, was man will und was man kann.

„Und wenn man was will, was man nicht kann?“

„Das ist ja ein grosses Unglück.“

„Man kann nichts dafür.“

„Na —“

Sie brach kurz ab.

„Sie meinen doch?“ fragte er.

„Ja, mit der Zeit muss man doch zur Erkenntnis kommen. Einsehen, was man ist, wer man ist. Und dann heisst’s, seinen Pflock einschlagen, so, hier wirkst du, hier ist dein Land.“

„Wenn aber diese Erkenntnis zu spät kommt?“

„Was nennen Sie zu spät?“

„Nun, so in meinen Jahren.“

„Freilich, im Greisenalter.“

Sie lachte spöttisch, und er stimmte herzlich ein.

„Also zur Erkenntnis sind Sie doch schon gekommen?“ sagte sie etwas boshaft.

„Dass ich nicht kann, was ich möchte? Ja.“

„Was möchten Sie denn?“

Er besann sich einen Augenblick und sagte dann wie im Scherz:

„Heiraten.“

Sie lachte laut auf.

„Und warum können Sie es nicht?“

„Weil ich keine Frau finde.“

„Die Ihrer wert ist?“

„Die zu mir passt.“

„Und wie muss dies begnadete Wesen ge-
schaffen sein?“

„Ja wenn ich das nur wüsste.“

17.

Randers an Gerdsen.

Lieber Freund, wie steht’s mit unserm Roman?
Für heute nur diese Anfrage. Ein neues
Kapitel fängt an!!

Ihr Randers.

18.

Gerd Gerdsen an Randers.

Lassen Sie endlich von sich hören? Ihr
Schweigen war mir rätselhaft.

Also wieder im Netz? Ich glaube, Sie
leben ein wenig unserm Roman zuliebe und
stürzen sich deswegen in Unkosten. Wie soll
ich Ärmster das alles bewältigen! Kaum glaube
ich, Sie gefasst zu haben, verwandeln Sie sich
proteusartig; oder vielmehr lassen sich verwandeln
von irgend einer Circe. Oder sind Sie konsequent
in der Entwickelung? Ist es die Künstlerin, die
Ihnen nach der Aristokratin noch fehlte? Nur
dann würde ich mir weitere Materialien erbitten.

Ich hatte mir schon vorgenommen, Sie im November zu besuchen, „studienhalber“. Sie sollten mir wenigstens die Stelle zeigen, wo Sie Ihr Blockhaus bauen würden, und ich wollte wenigstens die aufgebrachten Wellen sehen, die zuletzt ihre Leiche dem erschütterten Leser vor die Füsse werfen sollen. Eine Blockhausgefährtin aus Fleisch und Bein zu sehen, darauf hatte ich schon Verzicht geleistet. Und nun ist sie doch Wirklichkeit geworden.

Lassen Sie mich jetzt aber auch mehr hören. Der Roman stockt. Ich brauche Dampf. Lassen Sie mich im Stich, muss ich's auf meine Weise deichseln. Und ob Sie dann zufrieden sein werden?

Kraus genug wird das Ding. Mehr Materialien zu einem Lebensbild als Roman. Aber Warum muss es denn gerade ein Roman sein? Es wird ein buntes Buch, und wir wollen zufrieden sein, wenn der Leser gestehen muss, dass er schon schlechtere Bücher gelesen hat. In Zukunft bin ich übrigens vorsichtiger in der Wahl meiner Modelle. Ihr Fall wäre etwas für das Genie eines Cervantes oder für die Psychologie eines Dostojewsky.

Mit Herz und Hirn Ihr

G. Gerdsen.

19.

Randers an Gerdsen.

Nur ein paar Dankeszeilen für Ihren Brief, lieber Freund, der meine wunderliche Stimmung noch bunter macht.

Alle Erklärungen nächstens. Halten Sie mich nicht für den oberflächlichen Don Juan, als der ich Ihnen erscheinen muss. Es sieht wunderlich in mir aus. Den Don Quijote will ich Ihnen zugeben! Sie spielten mit dem Cervantes so freundschaftlich darauf an. Aber vergessen Sie nicht, dass der edle Ritter sich selbst verzweifelt ernst nahm. Die Tragik eines solchen Charakters!

Was ist überhaupt das Leben anders, als ein beständiger Kampf gegen Windmühlen.

Übrigens, sie kam im Nebel zu mir, verirrt. Mein Blockhaus wurde ihre Rettung. Soll man nicht an höhere Lenkung glauben? Diese „verrückte" Blockhausidee (wie oft werden Sie sie so gescholten haben) rettete ihr das Leben. Kennen Sie den Nebel? Ein Irrgang im Wattennebel?

Adieu! Ich muss Helga treffen. Helga heisst sie, ich heisse Henning. Klingt das nicht hübsch zusammen, was?

Herzlichst

Ihr Randers.

205

20

Das ganze Blockhaus duftete nach Veilchen.
Randers hatte zu Helgas Geburtstag aus Hamburg
Veilchen bestellt. Zwei grosse Körbe voll. Er
hatte den einen auf ihr Zimmer gestellt, den
Inhalt des anderen unten in der Wohnstube
verstreut, über alle Möbel, und über den Fussboden.

Helga teilte seit ein paar Tagen das Blockhaus mit ihm. Warum nicht? Der Leute
wegen? der Rantumer?

„Wir wollen gute Kameraden sein." Damit
hatte sie seine Einladung angenommen.

Als sie zum Morgenkaffee herunterkam,
auch hier Veilchen sah, zu ihren Füssen, nicht
zutreten mochte und dann, als er sie erwartungs-
voll ansah, mit einem glücklichen, gerührten
Lächeln auf ihn zukam, der Veilchen nicht
achtend — da sagte Randers zum erstenmal leise:

„Wie lieb habe ich Sie."

Ein flammendes Rot überflog sie, verging
aber schnell.

Sie lächelte.

„Wie gut Sie sind."

„Weil ich Sie so liebe?"

Sie legte den Finger auf den Mund.

„Seien Sie nicht töricht," sagte sie. „Wir
wollen gute Kameraden sein."

Er küsste ihr die Hand.

Nachher gingen sie auf die Dünen hinauf. Es wehte stark. Helgas Kleid klatschte im Wind. Sie atmete tief und musste auf dem Dünenkamm einen Augenblick stehen bleiben. So wehte es.

Da gab er ihr seinen Arm.

Sie standen und sahen auf die unruhige See, die ganz stahlblau aussah.

Die Möwen pfeilten vorm Wind, kreisten furchtlos in ihrer Nähe.

„Da drüben liegt Schottland," sagte Helga.

„Lassen Sie Schottland jetzt," sagte er.

Sein Herz war voll. Er spürte den Veilchen- duft, der von ihrem Gürtel aufstieg, von dem Sträusschen, das sie dort befestigt hatte.

Er hätte sie an sich reissen mögen.

Drüben liegt Schottland.

Er verstand sie wohl.

„Wir wollen gute Kameraden sein."

Am Abend las er Helga seine Blockhaus- phantasie vor.

„Wie denken Sie über Jolanthe?" fragte er.

„Die Ärmste," sagte Helga.

„Er kann sie doch nicht heiraten," meinte Randers.

„Nein. Er ist ein Phantast. Er bleibt auch besser davon," sagte sie leichthin.

———

21.

Es war der Jahrestag von Helgas erstem Auftreten als Hedda Gabler. Randers stiess mit ihr an.

„In Schönheit sterben," sagte er.

„In Schönheit leben," antwortete sie.

„Aber dann in Schönheit sterben," beharrte er.

„Wie's kommt."

„Das sagen Sie, Hedda Gabler?"

„Ich bin keine Hedda Gabler."

„Aber möchten Sie denn nicht —"

„In Schönheit sterben?"

Sie lachte.

„Wissen Sie, was Hedda dem Eilert so hoch anrechnet, dass er den Mut gehabt hat, sein Leben nach seinem eigenen Sinn zu leben und dann die Kraft, den Willen hatte, vom Gastmahl des Lebens aufzubrechen — es kommt doch immer auf das Leben an, das geendet wird. Ein verpfuschtes Leben mit der Pistole abzuschliessen, was ist da Schönes dabei? Kraft und Willen zu neuem Leben haben, das wäre schön. Das andere ist am Ende nur ein billiger Ausweg aus der Klemme, eine Tat der Ohnmacht, der Verzweiflung."

„Unter Umständen —"

„Ach lassen wir das. Warum vom Sterben reden. Ich halt's mit dem Willen zum Leben und mit der Kraft, aus sich herauszukommen, nicht einfach sich wegzublasen.“

„Aber wenn die Kraft nicht mehr da ist.“

„Dann mag der Abgewirtschaftete sich aus dem Weg räumen. Ich billige das sogar. Aber wir wollen da nicht von Schönheit reden. Er erleichtert sich, und Sie wollen sich hinstellen und ihn bewundern, den Mut bewundern, der sich eines unbequem gewordenen Rockes entledigt.“

„Ich glaube, Sie sind denn doch nicht ganz gerecht.“

Sie zuckte die Achseln.

„Ich denke nun einmal so. Aber lassen wir das. Nichts vom Sterben.“

Es war ein köstlicher, sonniger Tag, und sie liessen das Thema vom Sterben ruhen. Sie gingen in die Dünen und waren still und froh miteinander.

Und wenn Randers sie ansah, dachte er immer: „In Schönheit leben!“ Ja, mit ihr, an ihrer Seite. Und er sagte es ihr, und sie lächelte. Sie liebte jede Art Tapferkeit, und er sagte es so tapfer, so ganz überzeugt, dass es ihm möglich sei. Und er lachte so laut und fröhlich und warf die Arme und trug den Kopf hoch und schob die Mütze in den Nacken, dass die ganze, hohe, gebräunte Stirn frei wurde.

Im Sand lagen sie und sprachen wieder von Hedda Gabler, und dann kamen sie auf Nora.

„Sie wollten mir noch tanzen,“ bat Randers.

„Wollt ich?“

„Sie versprachen’s. Ich bin so begierig, Sie tanzen zu sehen. Wie werden Sie als Nora tanzen, diesen Tanz mit der Verzweiflung im Herzen. Und hier ist die Heide so glatt und hart. Die reinste Tenne. Und der Wind wird Ihren Schal fangen, und die Möwen werden Ihren Pas folgen, der Tanz über dem Tanz. Und ich werde klatschen und dankbar sein.“

So bat er, beredt und von ihrer Schönheit in einen Rausch versetzt, der ihn zum Dichter machte.

Und Helga erhob sich zum Tanz.

„Nun spiel mir auf. Nun will ich tanzen,“ rief sie mit Nora.

Aber das war keine Nora, die da tanzte, kein gequältes Weib, das Betäubung suchte. Es war ein wirbelndes, leidenschaftliches Kreisen und Gleiten und Auf- und Niederschnellen.

Sie ist zu gross für Nora, dachte Randers.

„Mir fehlt ein Tambourin,“ rief Helga.

„Es geht doch nicht auf dem Heideboden,“ entschuldigte Randers.

„O doch, es liegt an mir. Ich bin nicht Nora heute. Aber was ich Ihnen tanzen möchte. Haben Sie die Sorma als Salome gesehen? Das möchte ich Ihnen tanzen können.“

Und sie versuchte es, machte ein paar Schritte über die Heide, kam in Feuer, ward geschmeidig, verjüngte sich vor seinen Augen, tanzte um den Kopf des Täufers. Und ein Wolkenschatten hüllte sie ein. Und der Wind wehte frischer und rang mit ihr und löste eine ihrer schweren blonden Flechten.

Und Randers starrte sie, halb aufgerichtet, an.

Und die Wolke zog vorüber, und die Sonne liess Helgas Schatten über die Heide tanzen. Und eine Möwe wiegte sich, leuchtend, über Salome, umkreiste sie und schoss plötzlich wie ein zuckender Blitz davon.

„Bravo! Bravo!" rief Randers, klatschte in die Hände, sprang auf und auf die ihm entgegen Taumelnde zu.

Helga glühte, lächelte, und wehrte ab. Sie sank ins weiche Dünenbett und fächelte sich Kühlung zu.

„Es ist nichts, ich kann's nicht," stiess sie hervor. „Aber ich möcht's können. Mit Genie tanzen."

„Sie können's," rief er warm.

„Nein, nein. Es ist nichts."

„Vielleicht, wenn ich um einen Kopf tanzte," setzte sie lächelnd hinzu.

„Meiner steht Ihnen zur Verfügung," sagte Randers.

„Sie sind kein Johannis."

Er lachte, aber er· suchte einen Hintergedanken darin, fühlte sich verwundet.

14*

„Was wollten Sie mit Johannis?“ meinte er.

„Was wollte Salome mit ihm?“

„Sie liebte ihn.“

„Nun also. Aber ich müsste diese Liebe empfinden, nicht nur schauspielern. Die Liebe ist das einzige, was bei uns Frauen das Genie ersetzt.“

„Und waren Sie nie —“

„Genial?“ fiel sie ihm ins Wort. „Nein, lieber Freund.“

Er sah sie forschend an.

Sprach sie die Wahrheit?

„Und wie müsste der Mann sein, um dessen Kopf Sie —“

„Männlich!“

„Ja, wie?“

„Stark, klug, klar und tapfer. Mit Willen zum Leben. Fest auf den Füssen und Herr über sich.“

Randers wurde rot, glühte vor Scham.

„Der ideale Mann,“ sagte er.

Sie sah sein Erröten, und ein warmes Gefühl für ihn stieg in ihr auf.

„Ideal?“ sagte sie. „Solche Männer gibt es genug. In allen Ständen, Gott sei Dank!“

„Aber Sie wollen doch auch etwas höheres, geistigeres. Der brave Mann an sich —“

„Der brave Mann an sich!“ fiel sie ihm lachend ins Wort. „Köstlich! Nein, Liebster,

der brave Mann allein tut's natürlich nicht.
Sonst könnte man sich unter zehn braven
Männern nicht gerade in den einen verlieben.“

„Da ist's also doch noch etwas anderes.“

„Nun ja, freilich. Und vielleicht ist's gerade
der Dümmste von den zehn.

„Nun werden Sie flach.“

„Liebe ist blind.“

„Auch eine Flachheit.“

„Liebe hat tausend Augen, wenn Sie's so
lieber wollen.“

„Sie sagten ja vorhin selbst, Liebe wäre
Genie.“

„Nun ja, schlafwandelnd auf Spinnenfäden,
wach im Traum und immer närrisch.“

<hr>

22.

Randers an Gerdsen.

Lieber Freund!

Nun ist wieder alles aus. Alle Gespenster
wachen wieder auf.

Mir ist es, wie die Witterung eines Ver-
hängnisses. Und hier, wo ich gesunden wollte!

Ja, ich liebe sie, das ist ohne Zweifel!
Aber gerade darum. Keine Ehe! Kein Mord
dieser Liebe.

Sie müssen sie kennen lernen.

Dieses wunderbare Weib, ganz Weib! Und doch von einer Grösse, einer Strenge. Rühr mich nicht an! Geist und Verstand. Güte. Schönheitsbedürfnis. Einsame Natur, also Stolz und Menschenverachtung.

Sie hat wunderbar schöne Hände, gross und voll, aber weich, und hat einen so warmen festen Druck. Hände zum Festhalten: Du bist mein!

Ihre Altstimme. Sie spricht ruhig, still hin, überlegt, aber es zittert immer so ein tiefer Seelenton mit. Sie spricht, wie sie blickt; diese klaren, klugen Augen, in denen aber auch etwas Verhaltenes, Tiefes zittert.

Sie teilt sans gêne mein Blockhaus, als guter Kamerad. Alle meine Träume haben sich erfüllt.

O, diese Stunden am Strand, in den Dünen. Und zu Hause, wenn wir lesen. Sie liest, na, eben als Künstlerin, geborene Ibsendolmetscherin. Hedda Gabler, Rebekka West, Nora. Sie würde keine unwahre Ehe ertragen. Einfach davongehen, wie sie dem Assessor davonging, den man ihr aufzwingen wollte.

Und eine Ehe mit diesem Weibe! Raten Sie mir!

Ich habe ein Klavier aus Hamburg bestellt. Sie müssen sie Grieg singen hören. Jeder Ton Leidenschaft.

Ihr Randers.

23.

(Tagebuchblätter.)

Strandbegehren.

In stiller, milder Düneneinsamkeit
Bin spät am Abend ich dahingegangen,
Vom Duft berauscht aus deinem Haar und Kleid,
Und süss im Herzen brannte das Verlangen.
Und wie der Hirsch nach frischem Wasser schreit,
So rief ich dich, nur dich, ohn Tand und Spangen.
Da fand ich dich. Da ward in Ewigkeit
Ich dir, in Ewigkeit du mir gefangen.

*   *   *

Es flammt mein Blut zu dir die Sehnsuchtsklage,
Und Antwort gibt dein Mund mit heissen Küssen.

*   *   *

So hat Desdemona zu den Füssen des
Mohren gesessen und seinen Abenteuern ge-
lauscht. Meine Seehundsjagdgeschichten, meine
Wikingerfahrten zwischen Sylt und Amrum und
meine Wattenwaghalsigkeiten. Kann ihr das
wirklich imponieren? Ihr, die aussieht, als
würde sie das Kühnste mit mir teilen?

Desdemona ist in jedem Weibe. Das Heldische
imponiert ihnen, sie suchen es und nehmen

schliesslich ihre Phantasie zu Hilfe. Und so wird man zum Mohren von Venedig.

* * *

Moiken ist doch eine ganz schlampige Person. Und ich hatte Küsse für sie. Und nun nach Moiken Helga? Diese stolzen, strengen Lippen. Ob sie es versteht, diese Keuschheit der wahren, tiefsten Liebe, die die Geliebte wie etwas Heiliges scheut, zurückgeschreckt vor jeder unreinen Berührung, jedem Gedanken daran. Und wenn sie sich einmal vergisst, sich quält, in Reue quält und etwas in sich zerstört fühlt — ob sie es versteht? Ob einem Weibe mit solcher Liebe gedient ist?

* * *

Ob sie mich liebt? Wer wird aus den Weibern klug. Sie sind uns darin überlegen. Sie interessiert sich für mich. Vielleicht, wenn ich auch noch schwarz wäre wie Desdemonas Mohr —

* * *

Weder Hansen, noch seine Frau, noch Moiken haben irgend eine Bemerkung über unser Zusammenleben gemacht. Denken mögen sie ihr Teil und unter sich reden. Aber sie haben Respekt vor ihr und lassen sich nichts merken.

Nur er „griente" einmal so kurz auf, als Mutter
Hansen meinte: „ist sie denn garnicht ängstlich,
so allein in dem alten Haus? Es ist doch so
ganz einsam und weit weg."

Ob er Hintergedanken hatte?

Mannsleute haben immer Hintergedanken.

*   *   *

Ach, lüge dir nichts vor. Mit allen Sinnen
begehrst du sie. Gerade weil sie so gar nicht
hingebend ist, so abweisend, so ganz erobert,
erkämpft sein will.

Ich werde nicht klug aus ihr. Diese Klarheit, ja Nüchternheit des Verstandes. Ohne
Phantasterei, ohne Sentimentalität. Und doch
dies Künstlerblut in ihr. Wenn sie spricht, sollte
man manchmal glauben, sie würde sich in einem
Kreis moralfester Predigerstöchter wohl fühlen
können. Und dann tanzt sie Salome. Es war
nicht Salome, wie es nicht Nora war, es war
Helga, es war das Wunderbare in ihr, was sie
von irgend woher hat, das zurückgedämmt, gefangen gehalten wird von der Tabaksfabrikanten-
nüchternheit väterlicherseits in ihr.

24.

Das Klavier aus Hamburg war gekommen.
Den ganzen Tag hatten sie musiziert. Abends

musste Helga noch einmal singen, Griegs „Ich liebe dich!“ Er konnte dieses Lied immer und immer wieder hören.

Ihm klang noch diese leidenschaftliche Melodie im Ohr, als sie Seite an Seite durch die Abenddünen gingen, um noch einen letzten Blick auf die See zu werfen.

Und hier bat er sie, es noch einmal zu singen.

„Bitte! Hier in den Dünen, von den Dünen herab. Da oben, aufs Meer hinaus. Sehen Sie, wie die Sterne funkeln. Die See hat sich vom Mond einen silbernen Gürtel geliehen.“

„Es ist schön.“

Sie stiegen langsam auf den höchsten Kamm.

„Hier,“ bat er.

Helga lächelte.

Sie stand im vollen Mondlicht und sang. Er hatte sich zu ihren Füssen geworfen und sah aufs Meer hinaus.

Wie das klang. Wie sie sang. Diese Sehnsucht, dieses heisse, heisse Herzblut:

Ich liebe dich!

Er hatte ihre Kniee umschlungen, richtete sich auf.

Sie stand zitternd, wollte wehren.

Aber er umschlang sie, riss sie an sich, küsste sie. Seine ganze Leidenschaft wachte auf. Und sie, überrascht, überwältigt, unter der Glut seiner Küsse, ward schwach, widerstandslos. War doch auch ihre Seele bewegt, unter dem Einfluss des Liedes, noch im Wellengang der Griegschen Rhythmen. Zwei fremde Kreise trafen sich, zitterten aneinander, einten sich.

Und sie küssten sich, umschlangen sich in einem seltsamen Rausch, der wie eine grosse, meerestiefe Musik ihr Blut und ihre Seele in Wallung brachte.

Angesichts der keuschen, silbernen Mondnacht erglühten sie aneinander und küssten sich.

Die Wellen rauschten leise an den Strand, breiteten die weissen Arme aus und betteten sich zum Schlaf, zum Sterben; kamen, küssten den Strand und starben, küssten und starben.

———

25.

Randers stürmte nach einer schlaflosen Nacht in den kalten Morgen hinaus.

Er hatte hinaufgehorcht, ob sie schon wach sei, wach wie er. Konnte sie schlafen nach diesem Abend?

Aber es war oben alles still gewesen.

Sie schlief, schlief noch.

Schlief doch.

Aber ihn trieb es hinaus.

Diese Unruhe. Sie wiederzusehen nach diesem ersten Liebesrausch, sie, die jetzt sein war, die er nicht lassen würde, nicht wieder von sich lassen. Endlich das Glück, das grosse Glück!

Er dachte nicht an die Zukunft, hatte kein Bedenken und keine Gedanken. Nur das eine selige Gefühl, sie ist dein, sie liebt dich, dein Glück, deine Rettung, dein Hafen, dein Grund, auf dem du bauen musst.

In Schönheit leben!

Ja, mit ihr in Schönheit!

Und herrliche Traumbilder gaukelten vor ihm, ein Wandelpanorama erhabener Natur, starre, schweigende Bergöde, Palmenwälder, rauschende Meere, ach, die ganze herrliche Welt. Und sie beide unter allen Menschen allein, Seite an Seite, Hand in Hand, Herz mit Herz und Seele mit Seele. Geniessend, verstehend. Es war alles wie ein Schaum in ihm. Bunte, schillernde Blasen. Aufleuchtend, zerplatzend. Darüber, alles umspannend, der glänzende Regenbogen eines unbestimmten weichen Gefühls, tränenfeucht, wie die Luft nach dem Regen weich und feucht ist. Das war alles das Glück, das endliche grosse Glück.

Randers war mitten in den Watten. Er war nur so geradeausgestürmt. Diese köstliche Salzluft. Diese erwachende Lust, aus all den kleinen feuchten Rillen mit glänzenden Augen aufschauend. Diese kleinen zitternden Wellen in den flachen Rillen, wie erschauernd in der Morgenkühle, aber doch glänzend in Erwartung des Tages.

Wie wohl das alles tat, diese herbe, frische, schauernde Morgenschönheit. Es kam eine Kraft über ihn, eine Fröhlichkeit und ein Stolz.

Und er lief dem Meer entgegen, das dort hinten seine Wellen über die Sandbank schäumte, lief mit ausgebreiteten Armen, den frischen Hauch des Meeres in seinen offenen Kleidern auffangend.

Es zwang ihn etwas, dem er nicht widerstehen konnte. Er musste dahin, wo die Wellen jauchzten, sein Glück ans Meer tragen, es hinausrufen, dem dicken Tritonen zu, der da auf dem Muschelhorn den Tag eintutet, und den hundert Meermädchen, die sich da lachend ihre nächtlichen Meerträume erzählten und mit den weissen Armen nach den Möwen griffen, die mit ihren raschen Schwingen durch ihren Morgentanz huschten.

Und nun flogen sie auf, eine ganze Schar, dieser stillen, grauen weichflugigen Seevögel, kamen ihm entgegen, liessen sich vor ihm nieder, flogen auf vor seinem eiligen Fuss und sanken hinter ihm wieder geräuschlos auf den Sand.

Und nun kam auch das Meer ihm entgegen, legte seine Wellen ihm vor die Füsse, rauschte, rollte. Und war alles Schaum, weisser glänzender Schaum längs des ganzen Wattenrandes.

Und die Sonne kam.

Und es wurden tausend Farben, jedes einzelne Bläschen schillernd und sprühend und dann zerplatzend. Und Randers riss sich die Mütze vom Kopf und bot die Stirn dem Wind, der sich erhob.

Und dann fing er an zu singen, jenes alte dänische Heldenlied, das er damals auf den nächtlichen Feldern von Rixdorf gesungen hatte. Und singend wich er vor den Wellen zurück, sang und freute sich der heranrollenden Flut und sang und wich vor ihr zurück. Bis es ihn plötzlich überfiel — die Flut, und er sich wandte, und er die Möwen sah, die unruhig wurden und ins Watt zurückzogen. Und er erschrak.

Und im ersten Schrecken fing er sofort an zu laufen. Und da war auch schon ein Priel im Wege, das sich mit Wasser gefüllt hatte, ganz rot glühte es in der Sonne, und die Wellchen zitterten wie in grosser Erregung. Er wandte sich seitwärts. Er musste auf dem nächsten Weg den Strand erreichen. Aber er kannte das Terrain nicht genau. Und an der heranrollenden Flut längs laufen? Nein, er musste vor ihr her. Es half nichts.

Er zog Schuh und Strümpfe aus, zog die Beinkleider über die Knie hinauf und watete durchs Priel; das Wasser ging ihm bis über die Knöchel. Es war eiskalt. Randers lief nicht, um nicht ausser Atem zu kommen. Vielleicht musste er nachher noch laufen.

Es war jetzt ganz ruhig, ganz klar. Er kannte die Gefahr und wusste, dass nur grösste Kaltblütigkeit und Umsicht ihn retten würde. Und es war ja Tag. Kein Nebel zeigte sich. Man würde vom Strand aus ihn sehen. Und zuletzt, er war ein guter Schwimmer.

Um ihn gluckste, quirlte und rieselte es, alle kleinen Rillen füllten sich mit Wasser, das wie aus dem Boden gedrungen auf einmal da war.

Hinter ihm war ein dumpfes murrendes Getön. Das Meer kam, um wieder Besitz von seinem Eigentum zu nehmen: ihm gehörte das Watt. Es drang in die Priele, griff mit blanken, gierigen Armen nach den Sandbänken, umklammerte sie, und legte sich auf sie mit seinem mächtigen, schillernden Leib.

Randers lief an einem breiten Priel längs und konnte keine Furt finden. Er lief zurück, nach der andern Seite. Ein tiefer breiter Strom wälzte sich vor ihm. Er sah sich um, sah die weisse Brandung, sah dem blanken Hans in die gierigen Zähne.

Er warf den Rock ab, entkleidete sich und durchwatete das Priel. Bis über die Hüften ging ihm das Wasser, und der Strom warf ihn beinah.

Drüben lief er weiter, nackt, um erst einen gehörigen Vorsprung zu gewinnen. Er schätzte die Entfernung bis zum Ufer.

Eine Viertelstunde noch.

„Du holst es," sagte er laut, atmete schnell und ruhte einen Augenblick aus. Der Strand lag nah und deutlich vor ihm, in heller Sonne.

Alles sah so fröhlich und friedlich aus. Die blanken Watten, das rieselnde blitzende Wasser, die funkelnden kleinen Rillen.

Aber er lief hier ums Leben, floh durch all die Sonne vor der schwarzen Nacht, die nicht endet.

Und doch, diese Sonne milderte die Schrecken, nahm dem Watt das Unheimliche.

Aber das Wasser konnte sie nicht aufhalten. Das strömte von allen Seiten zusammen, überholte den Laufenden, schloss ihn auf einer Sandbank ein, warf sich zwischen ihn und den Strand und blitzte ihm in dem hellen Glanz des wachsenden Tages triumphierend entgegen.

Randers blieb ruhig. Das Terrain längs der Küste kannte er. Es war da noch einmal tief. Das Wasser würde ihm vielleicht bis an den Hals gehen, er würde schwimmen müssen.

Schwimmen bei der Flut?

Einerlei, sich ihr anvertrauen. Es wird ihn ein bisschen herumwirbeln und werfen. Aber seine Arme waren geübt, und irgendwo würde er festen Fuss fassen.

Aber er getraute sich's nachher doch nicht, lief an dem reissenden, rollenden Strom hin, suchte eine seichtere Stelle. Und zuletzt musste er's wagen.

Alles ab! Ganz nackt, die Zähne zusammen, jede Muskel krampfhaft gespannt, warf er sich in die Wellen, tauchte auf, wurde fortgerissen, strandlängs, und wieder zurück, wieder abseits, sah die Entfernung zwischen sich und dem Strand wachsen.

Er warf sich auf den Rücken, schöpfte Atem, warf sich wieder herum und begann den Kampf aufs neue.

Und es gelang ihm. Er fühlte festen Boden unter den Füssen, taumelte mechanisch weiter, fühlte sich ohnmächtig werden und fiel kraftlos vornüber.

Eine blaugrüne, schaumgekrönte, wogende See rollte über dem Watt. Die Möwen kreisten darüber und leuchteten in der Sonne, schossen herab, neigten ihre grossen Schwingen und stiegen mit einem leisen, pfeifenden Laut wieder auf.

Moiken fand Randers im Schlick. Er lag auf der Seite, der Kopf hing schlaff herab, und mit den Füssen spielte noch die Flut und warf sie hin und her.

Moiken zog ihn vollends aufs Trockene. Er atmete noch. Schreiend lief sie nach Hülfe.

26

Randers war noch sehr elend nach den Fiebernächten, mit denen er Helga erschreckt hatte. Es war ein kraftloser Druck, mit dem er ihre Hand umschloss. Sie liess ihm diese kalte Hand; sie war so kalt, dass es ihn bis ans Herz fror.

„Sie dürfen nicht gehen,“ sagte er.

„Ich muss. Sie wissen es. Ihr Herz ist nicht frei, ist an die Vergangenheit gebunden. Ich will nicht, dass Sie einst bereuen.“

„Fieberträume,“ rief er.

„Quälen Sie mich nicht so,“ sagte sie leise. Da liess er ihre Hand los.

„Ich habe Sie so sehr, sehr lieb, Helga,“ sagte er vom Fenster her.

Eine heisse Welle überflutete für einen Augenblick ihr Gesicht.

„Sie hatten auch Fides sehr lieb. Und Sie werden noch manche sehr lieb haben.“

„Nie.“

„Kennen Sie sich so schlecht?“

„Helga, nun quälen Sie mich.“

„Es ist so oft das Los der Liebe, dass sie quälen muss, wo sie beglücken möchte.“

„Helga.“

Er lag zu ihren Füssen.

„Henning. Nicht. Stehen Sie auf.“

Er umklammerte ihre beiden Hände und küsste sie.

„So lieb hab ich dich, so lieb," stammelte er.

Sie löste sich von ihm, strich mit der Linken sanft, wie tröstend über seinen Scheitel.

Dann beugte sie sich zu ihm und küsste seine Stirne.

„Und nun stehen Sie auf, Henning, seien Sie Mann."

„Es ist Ihr letztes?"

„Nach Ihrer gestrigen Beichte, ja. Es kann nicht sein. Ich habe diese ganze Nacht damit gerungen. Es ist besser so. Wir dürfen nicht einem Rausch folgen. Waren Sie stark genug, Fides aufzugeben, lassen Sie uns jetzt auch stark sein."

Er erhob sich, schwankte zu seinem Fenstersitz zurück und begrub das Gesicht in die Hände.

Leise ging Helga hinaus.

———

27.

Gerd Gerdsen an Randers.

Lieber Freund!

Ein Geständnis aus melancholischem Herzen. Während ich an Ihrem Roman arbeite und mich mit Ihren Amouren abquäle, stecke ich selbst

15*

darin, bin selbst verliebt. Verliebt — armseliges
Wort. Eine wunderliche, verspätete Leidenschaft,
so tief und keusch, wie ich vordem nie empfunden
habe. Ein Kind, eine Schülerin, mir in ein paar
Jahren heimlich ans Herz gewachsen, ins Herz
gewachsen, Saiten in meiner Seele zum Klingen
bringend, die bisher ruhten.

Diese Verse geben Ihnen meine Stimmung.
Bewahren Sie dies Geständnis in treuem Herzen.

Märchen.

In deiner lieben Nähe
Bin ich so glücklich. Ich mein,
Ich müsste wieder der wilde
Selige Knabe sein.

Das macht deiner süssen Jugend
Sonniger Frühlingshauch,
Ich hab dich so lieb, und draussen
Blühen die Rosen ja auch.

O Traum der goldenen Tage.
Herz, es war einmal. —
Abendwolken wandern
Über mein Jugendtal.

Fromm.

Der Mond scheint auf mein Lager,
Ich schlafe nicht,

Meine gefalteten Hände ruhen
In seinem Licht.
Meine Seele ist still. Sie kehrte
Von Gott zurück.
Und mein Herz hat nur einen Gedanken:
Dich und dein Glück.

Ja, mein tägliches Gebet geht dahin: alle Rosen
des Glücks auf den blonden Scheitel dieses lieben
siebzehnjährigen Kindes! Und das Köstlichste:

Ein treues Herz,
Das ihr nur schlägt,
Und dem auch sie,
Herz an Herz,
Entgegenglüht,
In Liebe entgegen:
Mein!
Mein Glück!

Sie wissen, wie ich Frau und Kinder lieb
habe. Sie verstehen aber auch, wie man trotzdem — es ist Schicksal, man kann nichts
dagegen machen. Dulden und überwinden.

Ihnen aber, der Sie frei sind, wünsche ich
von Herzen, dass Sie einmal die Ruhe in der
Liebe finden, das über alle Leidenschaft heraus-
gehobene Glück: Du bist mein und ich bin
dein! Vielleicht sind Sie ja schon auf dem

Weg, und das letzte Kapitel unseres Romans wird ein fröhlicher Festgesang.

Inzwischen erhebe uns Gobinaus Wort, nach dem die Grösse der Seele darin besteht, dass sie nicht zerbricht.

Und so tapfer durch den Tag bis ans Ende. Jede Schuld vergrössere und stärke unsere Sehnsucht nach Licht und Güte. Jede Niederlage werde uns eine Stufe zum Sieg.

Ihr Gerd Gerdsen.

* * *

28.

„Überwinden.“

Randers lächelte müde.

Wenn man seine Kunst hat, wie Gerdsen, Frau und Kinder hat.

Und doch, du hast recht, alter Freund. Überwinden.

Er schrieb einen Brief an Gerdsen und zerriss ihn wieder.

Auf der Fensterbank lag der Revolver. Er nahm ihn, fast mechanisch. Er presste den kalten Stahl ein paarmal gegen die Stirne. Das tat ihm wohl.

Dann ging er hinauf, die Waffe in der Hand, und stand unschlüssig vor Helgas Zimmer, die Hand auf dem Türgriff.

„Leer," sagte er leise, „alles leer. — Nein, ich will nicht — das nicht. —"

Er ging wieder hinunter, lief ins Watt hinaus, kehrte um und ging in die Dünen.

Es war kalt und feucht. Der Nebel stieg aus der See und kroch an den Strand, stieg aus den feuchten Dünentälern, wallte wie ein leichter Rauch über die dunkle Heide, verschleierte die kleinen Lachen und Tümpel.

Randers achtete nicht darauf. Ihn fröstelte, ein Fieberschauer schüttelte ihn. Aber er ging weiter.

Wohin?

Der Nebel wuchs. Von oben fiel ein bleiches Licht in diesen weisslichen, wehenden Dunst, in dem Randers ziellos umherirrte. Sein Schatten begleitete ihn, ein Gespenst, wuchs plötzlich wie aus der Erde neben ihm auf, dehnte sich auf einer Nebelwand zu grotesker Grösse hinauf, fuhr plötzlich zusammen, als erschrecke er vor etwas und wollte sich in sich selbst verkriechen.

„Schatten! Gespenster!"

Randers sagte es ganz laut.

„Das bist du. Dein eigentliches Ich, das dich höhnt. Ein Nichts. Ein Spuk. Ein Nebel."

Was war das?

Gesang?

Deutlich hörte er es. Tiefe, orgelartige Töne.

Die Brandung. Der Wind.

Es wuchs.

Das waren nicht Wind und Wellen.

Er steckte sich die Finger in beide Ohren.

Es sang, sauste und brauste.

„Du bist krank.“

Er sagte es laut, ruhig.

Das Wort befreite ihn.

Krank!

Er lachte, lachte laut und hart auf.

„Krank! Warst du je gesund?“

Und dann fiel er, schlug lang hin, war über irgend etwas gestolpert.

Wie nass die Heide war. Es quatschte und quirlte ordentlich, als er aufschlug. Er legte die nasse Hand auf die Stirn. Wie kühl. Wie köstlich kühl.

Helgas Hand.

Ihr Kuss.

Wie kalt ihre Hand war; eiskalt.

„Was quälen Sie mich so.“

Das hatte auch Fides gesagt. Seltsam. Nein, nicht seltsam. Er war eine Qual für andere.

Ach, er war ein elender Mensch, ein armer, elender Mensch. Quälend und gequält.

Er erhob sich, taumelte weiter und wäre beinahe wieder hingestolpert.

Der Nebel war so dicht, ganz dicht, ganz verfilzt.

Randers stand still. Er wusste nicht mehr wohin. Er getraute sich nicht weiter zu gehen. Es waren hier sumpfige Stellen, tiefere Tümpel, in denen er schon ersticken konnte, wenn er so hineinschlug, mit dem Gesicht, wie vorhin ins Kraut. So mit dem Gesicht in das schmutzige, schlammige Wasser.

Dann würde er ersticken.

Elendig zu Grunde gehen.

Er erinnerte sich mit einmal eines Tümpels hier in den Dünen, worauf er eine kranke Wild-ente schwimmen gefunden hatte. Er scheuchte sie damals mit dem Stock, aber sie hielt sich ängstlich in der Mitte des Tümpels, er konnte sie nicht erreichen.

Zu Hause der Ententeich, im Heimatsdorf. Der grosse graue Erpel, den er als Kind immer so geneckt hatte. Er hatte immer gerne die Tiere geneckt. Vor allem die Hunde..

Inge Jönksen, wie kam er plötzlich auf Inge Jönksen?

Er sah sie die Wäsche aufhängen, in dem kleinen Garten hinter dem Haus. Und die Pappel. Die hohe Pappel, von der aus er so lustige Rundschau hielt.

Und jetzt ward alles lebendig, jagte alles in

rasendem Tanz an ihm vorüber. Eine wilde
Jagd von Bildern und Erinnerungen.

Sein ganzes, verpfuschtes Leben.

Fides, seine Flucht aus Rixdorf.

Warum quälen Sie mich so. —

Sie, sie hätte ihn gerettet.

Verworfen, gerichtet. Wie du mir, so ich dir.

Stark sein, Mann sein, in Schönheit leben.

Zu leicht befunden. Nicht einmal in Schönheit sterben. Nein, erbärmlich, jämmerlich
davonlaufen.

Fides!

Er sah sie vor sich, deutlich, wie sie
schluchzend über dem kleinen Tisch des Pa-
villons lag.

Und er fiel nieder, kniete in das nasse
Heidekraut, lag zu ihren Füssen, umklammerte
ihre Kniee, fasste ihre Hände, ihre beiden Hände.

Wie kalt sie waren.

Eiskalt.

* * *

Randers lag mit dem Gesicht in dem nassen
Dünenkraut. Aus der rechten Schläfe sickerte
Blut.

Der Nebel, von dem Schuss in Bewegung
gesetzt, legte sich wieder über ihn. Ein ge-
spenstisches Leben war in diesen Dunstmassen.

Weisse Arme streckten sich langsam aus, tasteten
an den Dünen hinauf und zogen sich langsam
wieder zurück. Lange, feuchte Haare flatterten·
Todblasse Gesichter öffneten grosse traurige
Augen, erzitterten, verzerrten·sich zu Fratzen
und zerrannen in Nichts.

Aber über dem Nebel war der Himmel klar,
und Stern stand an Stern.

Ende.